KB043253

그리운 권정생 선생님

이 도서의 국립중앙도서관 출판사도서목록(CIP)은 e-CIP홈페이지(http://www.nl.go.kr/ecip)에서 이용하실 수 있습니다.

그리운 권정생 선생님

2017년 5월 15일 초판 1쇄 펴냄

글쓴이 | 강정규 외
엮은이 | 똘배어린이문학회
펴낸이 | 김준연
펴낸곳 | 도서출판 단비
편집 | 신수진
등록 | 2003년 3월 24일(제2012-000149호)
주소 | 경기도 고양시 일산서구 일중로 30 505동 404호
전화 | 02-322-0268
팩스 | 02-322-0271
전자우편 | rainwelcome@hanmail.net
ISBN 979-11-85099-91-0 03810

값 14,000원

그리운 권정생 선생님

똘배어린이문학회 엮음

단비
danbi

책을 펴내며

권정생 선생님이 떠나신 지 10년이 지났습니다. 똘배어린이문학회에서는 2009년에 2주기 추모제부터 시작해서 지금까지 이어오고 있습니다. 우리는 권정생의 동화나 시를 읽고 만납니다. 글을 써 와서 함께 읽습니다. 해마다 추모제에 참석한 사람들의 글을 작은 자료집으로 묶었습니다. 권정생 선생님 10주기 추모제를 준비하며 지난 자료집을 읽어 보았습니다. 추모제에 맞춰 쓴 글이라 덜 다듬어지고 덜 완성되었지만 거짓 없고 꾸밈 없어서 좋았습니다. 그래서 부족한 대로 책으로 묶고 싶었습니다. 책을 낸다 하니 글쓴이들은 하나같이 부끄러운 글이란 말을 먼저 꺼냈습니다. 모든 글을 다 싣지는 못하고 골라 실었지만 다시 쓰지 않고 그대로 싣기로 했습니다. 그때 그 마음을 그대로 담아놓고 싶었기 때문입니다.

책의 1부는 똘배어린이문학회 회원들이 이 책을 준비하며 쓴 글입니다. 추모제를 준비하며, 참석하며 느꼈던 것을 썼습니다. 또 이어질 추모제를 생각하며 썼습니다.

2부는 권정생의 시를 읽고 쓴 글들입니다. 주로 《어머니 사시는 그

나라에는》에 있는 시들입니다. 슬픈 이야기, 그리운 마음, 깨끗한 동심이 우리 마음을 여울지게 했습니다.

3부는 단편동화를 읽고 쓴 글입니다. 동화 속의 인물들을 만나며 자신의 삶 속에 자국을 남긴 사람들의 이야기를 꺼냈습니다.

4부는 《몽실언니》와 《하느님이 우리 옆집에 살고 있네요》를 읽고 쓴 글들입니다. 전쟁을 겪으며 언니가 된 몽실이와 사람의 모습으로 세상살이를 하는 하느님을 보면서 바른 삶과 좋은 사회에 대한 이야기를 많이 했습니다.

권정생 선생님을 그리워하는 마음을 담아 쓴 글이다 보니 여러 사람의 글이 모였지만 느낌이 비슷합니다. 앞으로는 문학으로 추모하고 만나는 자리답게 다양한 색깔의 글로 함께해야겠습니다. 그러기 위해선 권정생 동화를 더 많이 읽고 더 따져보고 더 이야기해야겠지요.

2012년 똘배어린이문학회 회원은 많은 사람들이 권정생의 책에서 위로와 힘을 얻기를 소망하며 《내 삶에 들어온 권정생》을 펴냈습니다. 이 책에도 같은 마음을 담았습니다. 권정생 책을 읽고 권정생을 그리워하는 것이 지금보다 나은 시대를 여는 일이 되기를 소망합니다.

부끄럽다 하면서도 책을 펴내는 것을 기꺼이 허락해 주고, 똘배어린이문학회 회원들에게 응원을 보내 준 글쓴이들에게 감사드립니다. 요즘같이 책 한 권 출판하기 어려운 시절에 이 책을 내준 단비 김준연 대표님께 감사드립니다. 그동안 권정생 추모제를 함께 해주신 모든 분들에게 감사드립니다.

2017년 5월 권정생 10주기에

똘배어린이문학회

차례

3부 나는 어떤 할머니가 될까

4부 이놈의 세상 아살박살내 버려야지

그리운
권정생
선생님
똘배어린이문학회
권정생 선생님

1

그리운 권정생 선생님

우리는 글로 권정생을 추모합니다

김연희

1.

권정생은 2007년 5월 17일 이 세상을 떠났습니다. 그가 죽은 뒤 세상은 동화작가 권정생의 죽음보다 그가 남긴 유산과 그 쓰임에 더 많은 관심을 내비쳤습니다. 권정생은 2005년 5월 1일에 미리 유언장을 써 두었습니다. 그는 유언장에 저작물 관리와 유산이 어떻게 쓰였으면 좋겠다는 바람을 적어 놓았습니다. 정작 본인은 8평짜리 좁고 불편한 집에서 가난하게 살다 갔는데 남긴 유산이 10억 가까이나 되었습니다. 이후에 나오는 인세까지 합치면 대충 계산해도 상당한 액수입니다. 게다가 그 돈 모두를 남북 어린이를 위해 써달라고 했으니 사람들의 세속적인 관심을 받게도 생겼습니다.

하지만 유산이나 그 쓰임을 당부한 내용보다 유언장의 말투와 형식에 먼저 마음을 둔 사람들도 있습니다. 그는 무게 잡지 않고 유언장을 썼습니다. 소박한 그 유언장이 권정생을 설명합니다. 그는 평생을 병과 홀로 싸웠고 가난하고 핍박받는 사람들을 위해 싸웠습니다. 그러나 그는 그 외로움과 힘겨움을 결연한 투쟁의식이나 비장한 말로 남기지 않았습니다. 그만의 유머와 재치로 승화시켰습니다. 읽는 사람도 이런 유언장 하나쯤 쓰고 싶다는 마음이 절로 들게 합니다. 슬프면서도 슬며시 미소가 나오는, 마음이 따뜻해 오는 이런 유언장 말입니다.

내가 쓴 모든 책은 주로 어린이들이 사서 읽는 것이니 여기서 나오는 인세를 어린이에게 되돌려 주는 것이 마땅할 것이다. 만약에 관리하기 귀찮으면 한겨레신문사에서 하고 있는 남북어린이 어깨동무에 맡기면 된다. 맡겨 놓고 뒤에서 보살피면 될 것이다.

유언장이란 것은 아주 훌륭한 사람만 쓰는 줄 알았는데 나 같은 사람도 이렇게 유언을 한다는 게 쑥스럽다.

앞으로 언제 죽을지는 모르지만 좀 낭만적으로 죽었으면 좋겠다. 하지만 나도 전에 우리 집 개가 죽었을 때처럼 헐떡, 헐떡거리다가 숨이 꼴깍 넘어가겠지. 눈은 감은 듯 뜬 듯하고 입은 멍청하게 벌리고 바보같이 죽을 것이다. 요즘 와서 화를 잘 내는 걸 보니 천사처럼 죽는 것은 글렀다고 본다. 그러니 숨이 지는 대로 화장을 해서 여기저기 뿌려 주기 바란다.

유언장치고는 형식도 제대로 못 갖추고 횡설수설했지만 이건 나 권정생이 쓴 것이 분명하다. 죽으면 아픈 것도 슬픈 것도 외로운 것도 끝이다. 웃는 것도 화내는 것도. 그러니 용감하게 죽겠다.

만약에 죽은 뒤 다시 환생할 수 있다면 건강한 남자로 태어나고 싶다. 태어나서 스물 다섯 살 때 스물두 살이나 스물세 살쯤 되는 아가씨와 연애를 하고 싶다. 벌벌 떨지 않고 잘할 것이다. 하지만 다시 환생했을 때도 세상엔 얼간이 같은 폭군 지도자가 있을 테고 여전히 전쟁을 할지 모른다. 그렇다면 환생은 생각해 봐서 그만둘 수도 있다. (2005년 5월 1일, 쓴 사람 권정생)

《선생님, 요즘은 어떠하십니까》, 양철북, 2015, 370~371쪽

있는 그대로의 솔직한 심정을 자유롭게 쓴 유언장처럼 권정생을 보내고 기리는 똘배어린이문학회(이하 똘배)의 마음도 그러합니다. 권정생은 자신의 흔적을 세상에 남기고 싶어 하지 않았습니다. 그는 유언장에 숨이 지는 대로 화장해서 여기저기 뿌려 주기 바란다고 말했습니다. 사람들은 그의 몸을 빌뱅이언덕 위 바람에 실려 보냈습니다. 어느 인디언의 노래처럼 그는 천 개의 바람이 되어 저 높고 넓은 하늘 위를 자유롭게 훨훨 날고 있을지 모릅니다.

하지만 사람들은 그의 몸은 떠나 보내도 마음만은 놓고 싶지 않았나 봅니다. 권정생을 기리는 유형무형의 것들이 하나둘씩 생겨나기 시작했습니다. 안동에는 '권정생 동화나라'가 만들어졌고 그가 살던 조탑리 집은 그대로 남아 있습니다. 권정생의 바람대로 되지 않고 그를 그리워하는 사람들 마음대로 그의 흔적이 새겨지고 있습니다.

똘배가 처음에 추모제를 준비할 때 이런 점이 마음에 걸렸습니다. 혹여나 우리도 그의 뜻에 어긋나는 일을 하는 게 아닐까 조심스러웠습니다.

그래서 똘배는 소박한 추모제, 참석하는 모두를 주체로 만드는 작은 추모제를 생각했습니다. 그것이 바로 '글로 권정생을 추모하기'입

니다. 그가 우리에게 남긴 글처럼 우리도 글로 권정생을 추모합니다.

우리의 추모제 글은 권정생에 기대어 우리 이야기를 풀어내는 것입니다. 추모제를 빌어 내 이야기를 들려주고 다른 사람 이야기를 듣습니다. 그렇게 한자리에 둘러 앉아 글을 읽으며 서로의 안부를 묻습니다. 시끌벅적한 수다 없이 글만으로도 서로의 삶을 들여다볼 수 있습니다. 세월이 흐르듯 각자의 삶 속에 깃든 크고 작은 변화들이 추모제 속에서 녹아내립니다. 1년 동안 있었던 기쁜 일, 슬픈 일, 놀라운 일들이 이 추모제 자리에서 펼쳐집니다. 우리는 글 속에서 묻고 답합니다. 서로의 삶에 같이 웃고 울고 등 두드려 줍니다. 우리는 권정생 추모제 멍석 위에서 지금을 살고 있는 나를 기꺼이 꺼내어 이야기합니다.

2.

똘배는 2009년 2주기부터 추모제를 시작하였습니다. 2016년 9주기까지 매년 5월이면 '권정생 추모제'를 열었습니다. 권정생이 세상과 이별한 5월 17일을 전후로 추모제를 해오다가 이제는 매년 5월 둘째 주 수요일로 정해 두었습니다. 우리는 해마다 3월 이전에는 추모제 주제를 정합니다. 주제를 정하고 나면 추모제 초대장을 보냅니다. 그리고 원고를 부탁합니다. 그 원고들을 모아 추모제 때 함께 읽을 작은 자료집을 만듭니다. 그 자료집이 모이고 모여 이렇게 책으로 엮였습니다.

똘배가 처음 준비한 2009년 2주기 추모제는 '권정생 선생님을 우리의 글로 추모하기'였습니다. 처음 하는 추모제인 만큼 권정생을 책으로 만난 사람은 책 이야기를, 그와 만난 적이 있는 사람은 만남 이야기를 편안하게 써 보자고 했습니다. 권정생은 무조건 어렵기만 하다는 글부터, 그를 직접 만나 나눈 이야기, 권정생 책 이야기, 그를 추모하며 돌아가신 부모님을 그리워하는 이야기들이 모두 같은 자리에 둘러앉았습니다.

2010년 3주기 추모제는 권정생을 추모하는 글을 막연하게 쓰는 것보다 어떤 주제를 정해서 쓰면 더 좋겠다는 의견이 모아졌습니다. 그래서 그의 동화 속 죽음에 관한 이야기를 읽고 '죽음'을 주제로 느낌 글을 쓰거나 내 맘에 꽂히는 작품 속 문장을 소개해 보자고 했습니다. 역시나 죽음은 무거운 주제였습니다. 권정생 동화 속 죽음 이야기도, 실제 벌어지고 있는 죽음도 글 속에 차곡차곡 담으니 그 무게에 눌려 푹 가라앉은 분위기의 추모제가 되어 버렸습니다.

2011년 4주기 추모제는 '권정생 동화 속에서 가장 기억에 남는 인물'을 뽑아 글을 쓰기로 했습니다. 작품 속 많은 인물들 중에서 어느 인물이 누구의 선택을 받게 될지 자못 궁금했습니다. 우리가 가장 사랑하고 기억하는 인물은 누구일까요. 글을 모두 모으니 어쩌면 그럴 수 있는지, 글을 쓴 사람 모두 다른 인물을 이야기했습니다. 저마다 글을 쓰는 그 순간 가슴에 품은 인물들이 다 달랐던 게지요. 오소리 아줌마, 솔뫼골 늑대 할머니, 점순이, 또야 너구리, 이순이와 장득이, 공아저씨, 해룡이, 두민이, 팥죽 할머니, 동준이와 분옥이, 새달이와 마달이……. 이야기 속 인물들은 글을 쓴 바로 누군가였고 또 우리가 만나는 누군가였습니다.

2012년 5주기 추모제는 '내가 좋아하는 권정생 단편 동화'를 주제로 글을 썼습니다. 널리 알려진 동화들도 있지만 이참에 새롭게 다시 만나는 동화들도 있습니다. 여러 사람이 함께한다는 건 이래서 좋은 것 같습니다. 같은 주제라도 여럿이 함께하면 더 넓어지고 깊어지기 때문입니다. 〈산버들나무 밑 가재 형제〉 〈가엾은 나무〉 〈두꺼비〉 〈또야 너구리의 심부름〉 〈빼때기〉 〈비나리 달이네집〉 〈황소 아저씨〉 〈새들은 날 수 있었습니다〉 〈하느님의 눈물〉 등을 빌어 우리는 또 자신들의 이야기를 꺼내 놓았습니다.

그리고 2013년 6주기 추모제는 '권정생 시'로 주제를 정했습니다. 동화나 소년소설만큼 널리 알려지지는 않았지만 권정생은 소박하고 따뜻하고 가슴 아린 시들을 많이 썼습니다. 그 시들을 꺼내어 함께 읽었습니다. 익히 알고 있던 시도 있었지만 어디에 숨어 있는지 몰라 들춰보지 못했던 고운 시들이 추모제 마당으로 나왔습니다. 〈우물〉 〈달팽이〉 〈꽃밭〉 〈일학년〉 〈결핵〉 〈엉머구리〉 〈통일이 언제 되니?〉 〈소〉 〈삼베치마〉 〈안동 껑껑이 · 1〉 〈고무신〉 〈일본거지〉 등이 아름답게 낭송되어 어우러졌습니다.

2014년 7주기 추모제를 앞두고 세월호 참사가 일어났습니다. 어떤 말을 가져다 써도 그 아픔과 슬픔을 다 표현할 수 없었습니다. 있을 수도 없고 있어서도 안 되는 엄청난 참사 앞에 온 나라 사람들이 할 말을 잃었고 넋을 잃었습니다. 우리도 그러했습니다. 하지만 이 참사의 진실을 밝혀야 한다는 촛불이 타오를 즈음 우리도 마음을 다잡고 추모제를 준비했습니다. 《몽실언니》로 주제를 잡고 세월호 참사의 어린 넋을 위로하며 함께 추모하자 했습니다. 《몽실언니》는 그 무엇보다 사람이 우선인 가치를 말한 동화입니다. 그 시점의 우리에게 가장 절실히 필요했던 가치입니다. 몽실이의 꿋꿋하고 바른 마음도 지친 우리에게 힘을 주었습니다.

여전히 세월호의 진실은 밝혀지지 않은 채 시간은 흘러 어느덧 8주기 추모제가 다가왔습니다. 2015년 8주기는 《사과나무밭 달님》, 《짱구네 고추밭 소동》에 실린 단편동화 중에서 마음을 끄는 작품을 골라 글을 쓰기로 했습니다. 추모제 글들에는 동화의 아름다운 장면을 보며 내 마음속 가장 빛나던 한순간을 끄집어낸 이야기도 있고, 반대로 동화 속 슬픈 장면에서 클로즈업되는 현실을 마주한 이야기도 있었습니다.

2016년 9주기 추모제는 《하느님이 우리 옆집에 살고 있네요》로 주제를 정했습니다. 주변의 크고 작은 일들을 겪으며 누구나 한 번쯤 하느님은 정말 어디에 있는지 물었을 겁니다. 우리도 묻고 싶었습니다. 그리고 우리의 글 속에서 스스로 답을 찾았습니다. 하느님은 먼 곳에 있지 않았습니다. 나와 너, 우리의 이웃이 하느님이었습니다.

똘배는 이렇게 글로 권정생을 추모합니다.

3.

추모제에 누가 올는지 매번 궁금합니다. 그 전 추모제에 왔던 사람들에게 초대 메일을 보내고 참석 여부를 묻습니다. 그리고 어린이문학 관련 카페나 '권정생어린이문화재단' 같은 곳에 추모제를 알립니다. 그러면 간다, 못 간다 응답을 주시는 분도 있고, 아무 말 없이 당일에 짜잔 오시는 분도 있습니다. 자료집에 실을 원고들은 미리미리 보내 주십니다. 물론 원고를 받기 위한 똘배의 정중한 청탁과 무언의 압박은 기본입니다. 이제 해마다 참석하는 사람들은 회를 거듭하며 먼저 글을 쓸 준비를 합니다.

똘배 회원들은 추모제 시간보다 2시간 정도 앞서 모여서 자리를 정돈합니다. 책상도 서로 마주 보기 좋게 둥그렇게 다시 배치하고 소박한 제상도 차립니다. 제상에는 권정생의 영정 사진, 꽃, 과일, 떡이 조금씩 오릅니다. 참으로 조촐하지만 선생님과 우리에게 딱 알맞은 상차림입니다. 그리고 사람들은 추모제에 오면서 자기가 상에 올리고 싶은 것을 올립니다. 소박하고 어여쁜 꽃을 가져와 올리는 이가 있는가 하면, 대전에서 올라오는 길에 사 가지고 온 성심당 부추빵과 튀김소보로, 따뜻한 온기가 남아 있는 쑥개떡이나 백설기를 올리는 이도 있습니다. 집에서 손수 빚은 막걸리를 올리는 이도 있습니다. 2012년에 똘배회원이 함께 펴낸《내 삶에 들어온 권정생》도, 똘배 회원 이기영이 쓴《작은 사람 권정생》(단비, 2014)도, 권정생 동화집《새해 아기》(단비, 2016)도 수줍게 권정생의 제상에 올라앉았습니다.

자리 정돈이 끝나면 문 앞에 작은 책상을 두고 추모제 자료집과 방명록을 펼쳐 놓고 살며시 문을 열고 들어올 반가운 얼굴들을 기다립니다. 기다림은 언제나 설렘과 같이 찾아옵니다. 사람들이 하나둘씩 들어옵니다. 길고 짧은 인사로 문 앞은 금세 소란스러워집니다. 1년 전에 보고 지금에야 다시 보는 사람들, 얼마 전에 본 사람들, 처음 보는 사람들. 반갑고 예쁘고 고마운 사람들이 하나둘 들어옵니다.

자, 이제 추모제를 시작할 시간입니다. 먼저 사회자가 추모제에 참석해 주셔서 감사하다는 마음과 똘배의 근황을 담은 간단한 인사 글을 읽습니다. 그러고 나서 제상에 잔을 치고 절을 올립니다. 묵념으로 대신하는 사람도 있습니다. 짧지만 마음을 모아 제를 올린 다음엔 바로 추모제 본마당이 열립니다.

미리 보내 준 원고로 엮은 자료집을 한 권씩 갖고 자기가 쓴 글을 읽습니다. 맨 먼저 글을 읽는 사람의 수줍은 떨림이 추모제 공간 안에 미세하게 울립니다. 그 떨림이 편안함으로 바뀔 때쯤 우리 모두는 읽는 사람의 숨소리에 같이 호흡합니다. 그와 하나되어 그의 글을 죽 따라가다 보면 그의 삶에 다다릅니다. 아버지의 죽음 앞에 서 계신 엄마의 슬픔을 읽을 때 우린 그 엄마의 딸이 됩니다. 가슴을 훑는 서러움에 같이 복받칩니다. 몽실이와 최금순 언니가 불러 주는 찔레꽃 노래와 아버지의 치매 이야기를 들려줄 때 우리는 다 같이 "찔레꽃 붉게 피는 남쪽 나라 내 고향……"을 부릅니다.

추모제를 10년 가까이 함께 하다 보니 서로의 삶을 알게 됩니다. 아버지가 아프신 이야기, 어머니가 아프신 이야기, 본인이 병들었던 이야기 등이 자연스레 글 속에 스르르 녹아 흘러내립니다. 깐깐하시던 100세 할머니가 돌아가신 이야기도, 몇 년에 걸쳐 만반의 준비를 갖추어 드디어 딸기 농사 지으러 귀농하는 이야기도, 여주 자그마한 땅 위에 더 작은 집을 짓는 이야기도, 작은 도서관을 꾸려 동네 문화 사랑방 노릇을 톡톡히 하는 이야기도 우리의 글 속에 모두 담겨 있습니다.

자기가 써 온 글 읽기를 마치면 우리는 그동안 책에서 보지 못했던 권정생의 글을 읽습니다. 어딘가에 꽁꽁 숨어 있던 그의 글이 세상에 나오는 순간입니다. 우리는 '발굴자료 읽기'라고 꽉지 이름을 지어 주었습니다. 미처 추모제 원고를 못 낸 사람들이 낭랑한 목소리로 그 글을 읽어 줍니다. 아직 듣지 못한 목소리로 아직 보지 못한 권정생의 글을 읽어 줍니다. 추모제에 모인 사람 모두가 이렇게 제 소리를 들려줍니다. 글 읽기를 마치면 권정생 시에 곡을 붙여 만든 노래를 함께 부릅니다. 빼어난 가수가 없어서 아쉽고 서툴지만 저마다의 음색과 음정으로 노래 부릅니다. 불협화음인 듯 아닌 듯 묘한 노랫가락이 웃음소리와 어우러져 흥겹게 울려 퍼집니다.

이제 모두 일어나 전체 사진을 찍으며 추모제를 마무리합니다. 하나 둘 셋 없이 카메라 셔터를 누릅니다. 그 모습 그대로 시끌벅적한 활기를 카메라에 담습니다. 셔터를 몇 번 누르고 나면 자리가 정돈됩니다. 이제 다시 한 번 셔터를 누릅니다. 맑은 눈동자들이, 따스한 마음들이 카메라 속 네모 안에 들어와 잠시 머뭅니다. 자, 찍어요. 찰칵 찰칵.

아래층 '문턱 없는 밥집'이 와글와글합니다. 이제부터는 목소리도 커지고 왁자지껄한 웃음소리도 밥상마다 들려옵니다. 한 밥상에 둘러앉아 밥을 먹는 우리는 이제 선생님도, 어르신도, 아줌마도, 아저씨도 아닙니다. 밥상머리에 둘러앉은 식구일 뿐입니다. 접시를 밀어줘 가며 서로 먹으라고 권합니다.

내년 추모제에서 다시 만날 때는 열아홉 살 비정규직 청년의 주인 잃은 컵라면이 없기를, 아픈 아이들이 없기를, 아이들의 고통에 모른

척하는 어른들이 없기를, 권력을 마구잡이로 휘두르는 안하무인이 없기를, 대한민국의 모든 주권은 국민으로부터 나오는 걸 망각하는 모리배들이 없기를, 우리가 한겨울 광화문 광장에서 촛불을 드는 일이 없기를, 바라고 바라며 잔을 높이 듭니다.

안부를 물어보는 시간

추모제 참가기

장은주

권정생 동화를 읽는 사람들이 모여 해마다 권 선생님이 돌아가신 5월에 추모제를 지낸다고 들었습니다. 똘배어린이문학회 사람들이 주최한다고 했습니다. 추모제에 참석하는 사람들이 그 해 주제에 맞게 글을 쓰고 각자 써 온 글을 읽는다고 했습니다. 주로 어떤 사람들이 모이는지, 사람들은 또 얼마나 모이는지 구체적인 정보는 듣지 못했습니다. 써 온 글을 읽으며 추모하는 것이 어떤 것일까 궁금하기는 했지만 그 자리에 가 봐야겠다는 맘을 먹지는 못했습니다. 잘 알지 못하기도 했고, 글을 써 가야 한다는 것에 대한 부담도 적지 않았습니다. 그러는 사이 세 번째, 네 번째…… 여러 번의 추모제가 지나갔습니다.

2014년, 나는 일곱 번 째 권정생 추모제에 처음 참가했습니다. 그 해 3월에 권정생 추모제를 주최하는 똘배어린이문학회의 신입회원이 되었으니 추모제를 준비하는 일부터 마무리 평가까지 모든 과정을 함께했습니다. 그저 선배들의 이야기를 듣고 따라가기에 바빴습니다. 추모제 후에 하는 똘배들의 평가에서 '얼떨결에 정신없이 끝낸 것 같다'는 소감을 남겼습니다.

7주기 권정생 추모제는 《몽실언니》를 읽고 쓴 글로 만났습니다. 추모제 주제가 '몽실언니'로 정해진 후 똘배의 한 사람으로 먼저 추모제 자료집에 들어 갈 글을 써야 했습니다. 글쓰기에 대한 부담으로 추모제 참가하기를 망설였는데, 이제는 꼼짝없이 글을 써야 할 밖에요.

한 권의 책으로, A4 한 쪽의 글로, 한 사람을 추모하는 글쓰기라니, 과연 그 글 안에 무엇을 담아야 할지 막막하기만 했습니다. 더구나 같은 책을 읽은 사람들 앞에서 내가 쓴 글을 소리내어 읽는 것이 얼핏 그림으로 그려지지 않기도 했습니다. 어설프고 정리되지 않은 소감들이 다 드러날 것 같은 두려움이 있었습니다.

《몽실언니》에서 내가 무엇을 봤지, 처음 읽었을 때가 언제였더라, 우리는 왜 아직도 《몽실언니》를 읽는 걸까, 지금 《몽실언니》를 읽는 건 무슨 의미일까……. 어쩌면 처음이라서, 어쩌면 조금 더 잘해 보려는 욕심이 이런 저런 생각들을 뒤섞어 놓기만 했습니다.

나의 첫 추모제 글 제목은 '이웃 이야기'입니다. 몽실이와 갓난쟁이 난남이를 보듬고 감싸 준 이웃, 목숨처럼 귀한 먹을 것을 나눠 준 사람들이 내 마음에 남았습니다. 그러고 보니 나는 어떤 이웃들과 살았는지, 지금은 어떤 이웃과 살고 있는지, 나는 어떤 이웃이 되고 싶은지 생각하게 되었습니다. 추모제에 참가하는 이들은 어떤 글을 써올까, 이런 이야기들이 나오지 않을까 하는 기대를 해보기도 했습니다. 글을 쓰는 것이 권정생 추모제를 추모제답게 만드는 방법이라는 걸 조금이나마 알게 되는 순간이었습니다.

이렇게 미리 글을 쓰고 간단하게나마 제상에 올릴 제물을 마련하는 일이 내게 주어졌습니다. 내가 참석하는 첫 추모제이고 똘배가 되어 준비까지 하게 되었으니 여러 모로 권정생 7주기 추모제는 남다르게 다가왔습니다. 선배들이 하던 대로, 하라는 대로 따라했지만 내심 가슴이 뿌듯해질 무언가를 기대하기도 했습니다.

그런데 2014년 4월 16일, 세월호가 침몰했습니다. 웃으며 수학여행을 떠난 많은 아이들이 별이 되어 떠나가 버렸습니다. 슬픔이 온 세상을 집어삼켰습니다. 아이를 기르는 엄마이기에 더 가슴 아파했고, 아무것도 할 수 없는 것이 미안하고 부끄러운 날들이었습니다. 모두들 무엇을 해야 하는지 어디로 가야 하는지 손을 놓고 길을 잃고 있을 때였습니다. 마지막까지 이 땅의 아이들을 걱정하며 떠난 권 선생님을 기억하는 자리에서 우리가 무엇을 이야기할 수 있을지 막막하기만 했습니다.

5월 14일, 7주기 추모제는 눈물이 많았습니다. 《몽실언니》 안에 있는 슬픈 아버지, 슬픈 엄마, 슬픈 몽실이보다 《몽실언니》 바깥에서 여전히 살고 있는 우리들이 슬프고 아파서 많이 울었습니다. 글을 읽는 동안 어느덧 우리 이야기가 된 몽실언니가 우리를 많이 울렸습니다.

최금순 언니가 몽실이에게 불러 주던 '찔레꽃' 노래를 치매로 사그라지는 친정 아버지가 부르신 이야기를 읽을 때가 기억납니다. 글을 쓴 한광애 님은 울먹여서 차마 읽지 못하고 우리는 모두 울컥울컥 어쩔 줄 몰라 하고 있었습니다. 마침 한광애 님 옆자리에 《시와 동화》를 발행하는 할아버지 시인 강정규 선생님이 앉아 계셨습니다. 눈물을 참지 못하는 글쓴이 옆에서 무심하게 받아 끝까지 읽어 주시던 강

선생님. '이제 그만 울어라'였는지, '실컷 울어라'였는지 글쓴이 옆에서 담담히 읽으시던 강 선생님은 마치 글 속에서 걸어 나오신 친정아버지 같았습니다.

어느새 우리는 이제 더 이상 젊지 않은 부모님을 둔 나이가 되었습니다. 노쇠해 가는 부모님, 이제는 세상을 떠나신 부모님 이야기는 그야말로 '눈물 없이' 넘어갈 수 없는 순간입니다. 나 한 사람의 슬픔에 시절의 아픔이 더해져 모두에게 실컷 슬퍼할 자리를 만들어 준 셈이 되었습니다.

그래도 몽실이는 절뚝이는 다리를 끌고 꿋꿋이 걸어가고 있었습니다. 혼자 남은 몽실이에게 먹을 것을 주고 따뜻한 온기를 나누던 동화 속 사람들이 있었습니다. 우리도 서로를 위로하고 격려했습니다. 여전히 권정생을 읽는 사람들이 모여 함께 눈물 흘리던 그 시간. 우리는 슬픔을 한 겹 걷어내고 힘을 내야지 하며 서로의 어깨를 토닥였습니다.

나는 글쓰기의 힘을 다시 생각해 보았습니다. 만약 글로 만나는 권정생 추모제가 아니었다면 어땠을까? 상상해 보게 했습니다.

세월호는 모두에게 너무도 큰 아픔이었습니다. 다들 아무리 말을 해도 다 말할 수 없기 때문에 입을 닫고 말았습니다. 아픔 때문에 차마 더 말할 수 없던 것들을 글로 만났습니다. 지금 우리 모두가 겪고 있는 아픔이 말로 흩어지지 않도록 글은 꼭 붙잡아 주고 있구나 싶었습니다.

글을 쓰는 건 현실을 자세히 바라보고 아픔에 더 깊이 들어가는 길 중의 하나입니다. 거기에다 누가 읽어 줄 거라는 걸 알고 쓰는 글이

주는 울림이 있습니다. 내가 쓴 글을 읽는 사람들이 오랫동안 같은 책을 읽어 온 사람들이라 건 굉장한 힘입니다. 이건 겨우 A4 한 장 정도에 불과한 글이라고 가볍게 말할 수 없는 공감의 능력을 가지고 있습니다. 그렇기에 참가자들이 돌아가며 글을 읽는 그 시간 내내 따뜻한 온기가 우리를 감싸안아 준다는 느낌이 들었습니다. 《몽실언니》에 기대어 우리가 쓰고 우리가 읽은 글들이 우리를 위로했습니다.

2017년 5월에는 10주기 권정생 추모제가 열립니다. 세월이 거듭되면서 추모제에 모이는 이들도 나이를 먹습니다. 몇 해 전 추모제에서 편찮으신 부모님을 함께 걱정했던 이에게서 부고를 받기도 하고 가까운 누군가가 암으로 힘들어한다는 이야기를 듣기도 합니다. 아이들은 자랐고 손자를 보기도 하고 오래 글을 써 오던 이가 책을 펴냈다는 소식에 축하를 나누기도 합니다.

추모제에 참가하는 사람은 보통 30여 명 정도입니다. 올해는 좀 더 많은 이가 참석했구나 싶어도 그보다 조금 더 많고, 참석자가 좀 적은 것 아닌가 해도 그보다 조금 더 적을 뿐입니다. 처음 참가하는 사람도 있지만 대부분 두 번 세 번 이상이거나 매번 참가하는 사람들입니다. 늘 그 얼굴들이 모여 권정생 동화에 기대어 오늘 우리 이야기를 해나가고 있습니다. 어쩌면 실컷 우리 이야기를 하고 싶어서 서로의 이야기를 털어놓을 판이 필요했는지도 모릅니다. 권 선생님은 우리에게 그럴 마당이 되어 주셨습니다. 우리는 무엇으로 만나고 무엇으로 인연을 이어 가는가 생각해 보니 그 안에 권정생이 없다면, 권 선생님이 남긴 동화가 없다면 무엇도 가능하지 않은 일이지 싶습니다.

매번 추모제를 위해 꽃을 준비하는 사람, 빵을 사고 떡을 해오는 사람들과 함께 우리는 안부를 묻습니다. 우리가 묻는 안부는 여전히 권정생을 읽는 사람들이 해마다 만나 잘 살아가고 있는지 확인하고 안도하는 시간입니다. 이 땅을 떠난 권 선생님의 안부를 묻는 것은 함께 살아가고 있는 우리 아이, 우리 이웃의 안부를 묻는 것과 다르지 않습니다.

올해도 사람들은 권정생 동화를 읽고 글을 써서 오늘 우리 이야기를 하려고 모일 것입니다. 새로운 얼굴과도 익숙하게 보아 온 얼굴과도 다시 안부를 물어보는, 그 시간을 기다리고 있겠습니다.

권정생 동화는 '우리 모두의 것'입니다

다음 추모제를 생각하며

윤경희

권정생 10주기 추모제를 준비하며 다시 권정생을 생각해 봅니다. 우리가 왜 권정생 동화를 읽어야 하는지 생각해 봅니다. 왜 권정생 추모제를 하는가도 다시 생각해 보고 싶습니다.

권정생 선생님이 돌아가신지 10년이 지났습니다. 그동안 권정생 추모제를 함께한 사람들의 글을 모아 읽어 보니 권정생 동화를 즐기는 사람들의 한결같은 마음이 느껴집니다. 여러 차례 참석한 사람들은 10년이란 시간 속에서 변해 가는 삶의 모습이 보입니다. 권정생의 동화나 시를 읽고 써온 글을 함께 읽는 추모의 시간은 경건하고 따뜻한 시간이었습니다. 그의 삶과 철학을 존경하는 사람들에겐 이 시간이 자신을 조용히 들여다보는 시간이기도 했습니다. 그러는 동안 우리 품에서 동화를 읽던 아이들이 청년이 되었고, 부모님들은 세상을 떠났습니다. 생활의 터전이 바뀐 사람도 있고 새 가족을 맞이한 사람도 있습니다.

추모제의 글들에는 이런 삶이 들어 있습니다. 나이 들면서 겪는 것들과 얻는 것들을 권정생 동화에 기대어 솔직하게 풀어낸 글들입니다. 다시 읽어 보니 권정생 동화를 함께 읽고 삶을 나누는 사람들 속에서 살 수 있어서 다행이다 싶습니다. 하지만 권정생의 동화는 이 시대를 사는 '우리 모두의 것'이어야 하는데 동화 공부를 하는 '우리들만의 것'이 되고 있는 게 아닐까 하는 걱정이 들었습니다.

잊을 수 없는 추모제가 2014년의 추모제입니다. 5월에 있을 권정생 추모제를 준비하던 4월에 진도 앞바다에서 수백 명의 목숨이 세월호에 갇혀 수장되었습니다. 지금까지 죽음으로조차 돌아오지 못한 이들도 있습니다. 세월호 아이들의 죽음에 대한 진실이 밝혀져야 한다는 의지가 대통령 탄핵을 부르짖는 소리와 함께 다시 커지고 있습니다. 대통령의 어처구니없는 실정이 없었다면 세월호 이야기를 끝까지 하지 않은 채 어디쯤에서 묻었을지도 모릅니다.

그 해에 함께 읽은 동화는 《몽실언니》였습니다. 어린 몽실이는 전쟁 속에서 엄마를 잃고 아버지를 잃고 '몽실언니'가 되었습니다. 전쟁터에 끌려갔다 병든 몸으로 돌아온 아버지도 불쌍하고, 가난 때문에 몽실이를 떠난 친어머니도 불쌍합니다. 아기를 낳다 죽은 새어머니도 불쌍하고, 어머니를 잃은 동생들도 불쌍합니다. 사람들이 왜 이렇게 불쌍해져야 하는지 몽실이는 잘 모릅니다. 죽지 않아도 됐는데 죽어야 했던 세월호의 아이들처럼 몽실이도 당하지 않아도 되는 고통을 치렀습니다. 전쟁 때문이었습니다. 《몽실언니》를 읽으며 세월호 아이들 때문에 많이 울었습니다. 어른인 것이 부끄러웠습니다. 동화를 읽는 것이 부질없다는 생각까지 들었습니다.

그러면서도 몽실이에게서 또 배웠습니다. 몽실이는 전쟁이 왜 일어났는지 누가 조종하는지 모릅니다. 그저 자신의 삶을 포기하지 않고 살아 냅니다. 가족과 이웃이 불쌍하기 때문에 불쌍한 사람들을 사랑하며 열심히 살아갑니다. 사람들이 불행해지고 나빠지는 것이 그들의 잘못이 아니라고 믿는 몽실이가 너무 착해서 마음이 아픕니다.

권정생 동화를 읽을 때마다 새로운 것이 보였습니다. 권정생 동화는 '삶의 가치를 무엇에 두어야 하는가?' 하는 생각을 한 단계 또 한 단계 깊이 들어가게 해주는 문이었습니다. 권정생은 자신이 보고 겪은 전쟁을《몽실언니》에 담았습니다. 권정생에게 전쟁은 잊고 싶고, 피하고 싶은 아픔이지만 잊지 않으려고 피하지 않으려고 글로 썼습니다. 잊으면 따져 볼 수 없고 따져 보지 않으면 진실을 외면하는 것이기 때문이겠지요. 권정생은《몽실언니》를 쓸 때, 권력에 의해 동화의 연재가 취소되고 글이 삭제당하는 일을 겪었습니다. 하지만 진실을 쓰지 않고는 견딜 수 없기 때문에 계속 썼습니다. 우리 아이들이 정직한 글을 읽고 자라게 하고 싶었기 때문에 끝까지 썼습니다. 권정생의 정직한 전쟁 이야기인《몽실언니》는 전쟁의 진실이 무엇인지 따져 보게 합니다.

총으로 사람을 죽이는 전쟁터를 피해 있는 것은 다행입니다. 하지만 권정생 동화를 읽고 전쟁을 따져 본다면 지금 우리도 전쟁 중에 있다는 것을 알 수 있습니다. 경제가 어렵고 국가안보가 흔들린다고 이제 세월호 이야기는 그만하자는 사람들이 많습니다. 통일이 되면 더 살기 힘들어진다고 통일을 반대하는 사람도 많습니다.

경제발전과 국가안보를 사람의 기치 위에 두는 것도 전쟁입니다. 이 전쟁은 겉으로는 평화 같습니다. 총을 쏘는 전쟁보다 우리를 더 쉽게 속일 수 있고 찬성하고 싶어지게 만들기 때문에 무섭습니다. 요즘은 돈보다 사람이 우선이라고 말하면 현실을 모른다는 말을 듣습니다. 사람을 총으로 죽이는 전쟁이 나쁘다는 것은 누구나 알기 쉽지만 겉으로 좋아 보이는 것이 전쟁일 수 있다는 것을 잘 따져 보는 것은 쉽지 않습니다.

사람을 무엇을 위한 도구나 소모품으로 여긴다면 모두 전쟁이라고 생각합니다. 사람을 총알처럼 이용하는 전쟁 속에서도 몽실이는 사람을 보았습니다. 그래서 몽실이 이야기를 읽으면 사람에게서 받는 위로와 사랑이 가슴에 남게 됩니다. 하지만 풍요롭고 편한 것을 먼저 내세우는 세상에서 그것이 아니라고 믿고 말하는 것은 쉽지 않습니다. 용기가 필요합니다.

권정생 동화 중에 용기가 무엇인지 아주 쉽고 재미있게 얘기해 주는 동화가 있습니다. 〈짱구네 고추밭 소동〉입니다. 짱구네 고추밭의 작은 고추들이 빨갛게 익었습니다. 고추들은 구슬땀 흘리며 심고 가꾼 주인의 곳간으로 거둬들여지는 것에 기뻐하며 밭에서의 마지막 잠을 자고 있었습니다. 그런데 그날 밤에 검은 그림자가 나타나서 짱구네 고추들을 무자비하게 따서 큰 자루 속에 넣습니다.

하지만 고추들은 그대로 당하지 않습니다. 짱구네 고추들의 분노는 용기가 되었습니다. 고추들의 몸부림은 결국 자루를 터뜨렸습니다. 고추들은 하늘 높이 날아올랐고 별빛에 반사된 고추들이 불꽃처럼 흩어져 밤하늘을 밝히고 다시 짱구네 밭으로 내려와 고추나무에 매달렸습니다.

화끈하고 후련한 승리입니다. 이런 전쟁만 있다면, 이런 승리만 있다면 세상은 평화로워질 것 같습니다. 작은 고추들이 한 일은 혁명입니다. 권정생은 잘못되고 공정치 못한 일을 고쳐 나가는 사람이 혁명가라고 하였습니다. 짱구네 작은 고추들처럼 옳지 못한 것을 옳지 못하다고 말하고, 제자리가 아닐 때는 제자리로 돌아가는 것이 혁명입니다.

〈짱구네 고추밭 소동〉은 권정생이 스스로 용기를 얻으려고 쓴 동화일지도 모릅니다. 우리도 짱구네 고추들처럼 온몸으로 저항하는 용기가 필요합니다. 옳은 것이 옳다고 말해야 합니다. 세월호의 죽음이 올바른 자리에서 위로받을 수 있도록 해야 합니다.

《몽실언니》와 〈짱구네 고추밭 소동〉은 오늘 우리의 이야기입니다. 몽실이가 겪은 전쟁은 끝나지 않았습니다. 총으로 싸우는 전쟁이 계속되고 있고 다른 모습의 전쟁도 일어나고 있습니다. 이런 전쟁들 속에서 사람으로 살기 위해 《몽실언니》를 읽어야 합니다. 용기 있는 삶을 살기 위해 〈짱구네 고추밭 소동〉을 읽어야 합니다. 더 많은 사람들이 더 많은 권정생 동화를 읽어야 합니다. 그러기 위해 우리는 권정생 동화로 오늘의 이야기를 나누는 추모제를 이어 가겠습니다.

2

선생님, 이야기 한자락 해드릴게요

무지무지 재밌는 이야기

김인숙

같이 읽어요.

말 그대로 무지무지 재밌는 이야기!

읽고 또 읽어도 좋습니다.

더 이상 암말 않겠습니다.

그냥 그대로 죽~ 따라 가보겠습니다.

빵덕이

으- 심심해-

동네가 점점 환해지고- 이런저런 소리도 커졌는데-

아저씨는 늦잠을 자는지- 일어날 생각을 안 하고-

뭐 할 일도 없고- 딱히 놀일도 없고-

괜히 일찍 깼어-

으- 심심해-

나비 한 마리 왔다간 뒤론 아무도 안 오고
밥도 안 주고 그렇다고 다시 자기도 그렇고
에이 괜히- 일찍 깼어-
조금 더 자는 건데-
으- 심심해-

《살구꽃 봉오리를 보니 눈물납니다》
백창우 노랫말, 보리, 2010, 52~53쪽

그저께 장에서 강아지 한 마리를 또 샀습니다. 빽덕이 혼자 날이면 날마다 멍하니 혼자 있는 게 안 되어 한 마리 사다 놓았더니 얼마나 좋아하는지 모릅니다. 둘이 딱 붙어서 떨어질 줄 모릅니다.

《선생님, 요즘은 어떠하십니까》, 328쪽

꼭 16일 동안 밤낮을 고통스럽게 지냈습니다. 얼마나 그 아픔이 심했는지 정말 삶이 두려워집니다.

누워 있지도 앉아 있지도 서 있지도 못하는 상태가 16일 동안이나 계속되었는데도 그래도 또 살아났습니다.

《선생님, 요즘은 어떠하십니까》, 231쪽

정축년 어느 날 일기

그 집엔
십 년이 넘은 늙은 개 한 마리와
늙은 인간이 하나가 살고 있었다.

늙은 개는 늙은 인간의
일거수일투족을 지켜보는
감시자가 되어 있었다.

늙은 인간은 오래전부터
어디가 탈이 나서 그런지
자주 몸에 열이 나서 눕는 날이 많다.

늙은 개가 쯧쯧 혀를 차며
-이 인간아
전생에 무슨 못할 짓을 했기에
날이면 날마다 아파쌌는거야?

자존심 상한 늙은 인간이
벌떡 일어나 앉았다.
-어디 아파서 열이 나는 줄 아냐?

이 똥개야!

이래봬도

평생, 정의에 불타는 가슴으로

살다 보니 그런 거다.

늙은 개가 또 혀를 차면서

-저 인간이 이젠 머리까지 돌았군

한다.

《살구꽃 봉오리를 보니 눈물납니다》, 54쪽

지난 9월 13일은 정말 몇십 년 만에 처음으로 아침 7시부터 밤 12시까지 한 번도 눕지 않고 지냈습니다.

《선생님, 요즘은 어떠하십니까》, 357쪽

하늘을 쳐다볼 수 있는 떳떳함만 있다면, 병신이라도 좋겠습니다. 양복을 입지 못해도, 장가를 가지 못해도, 친구가 없어도, 세끼 보리밥을 먹고 살아도, 나는, 나는 종달새처럼 노래하겠습니다.

《선생님, 요즘은 어떠하십니까》, 13쪽

팔십 평생 이렇게 눈 많고 추운 겨울은 처음이다!

강원도 깊은 골짝 우리 엄마가 진저리치며 하신 말씀입니다.

도대체 봄은 언제 오는 거야?

오십 년 살아온 저도 투덜거렸습니다.
끝내 오지 않을 것만 같던 봄이었습니다.

어느새
봄은 왔습니다.
그러고 나는
종달새처럼 노래하는 권정생을 만났습니다.

(2013, 6주기)

선생님, 이야기 한 자락 해드릴 게요

최해숙

제가 아프리카 탄자니아에 갔다 왔어요. 선생님도 가 보고 싶으시죠? 언젠가 제가 안동에 사는 장애우 친구들과 선생님 댁에 놀러 갔을 때 그러셨잖아요.

"당신들은 그래도 아프지 않아서 돌아다니니 좋겠소."

저는 그 말씀을 마음에 담고 있어요. 하긴 이제 하늘에 계시니까 아무 데나 가시겠네요. 똘배어린이문학회에서 해마다 자리를 마련하는 선생님 기일에 올해는 저도 갈 수 있게 되었어요.

지난해는 아들네 가느라 함께하지 못했거든요. 그 자리에 함께하고 싶은 사람은 선생님 시를 가지고 글을 써 오라 하네요. 선생님은 별로 좋아하지 않으실 거 같은데요. 선생님을 사랑하는 착한 아이들이니까 이해하고 웃어 주세요.

선생님 시 가운데서 저는 〈우물〉을 골랐어요. 왜 그랬는지 그 까닭을 이야기해 드릴게요. 《삼베치마》에 실린, 열다섯 전후에 쓰셨다는 〈우물〉보다 조금씩 손질을 했다는 《어머니 사시는 그 나라에는》에 실린 〈우물〉이 저는 더 좋아요.

골목길에 우물이
혼자 있다.

엄마가 퍼 간다
할매가 퍼 간다

순이도 퍼 간다
돌이도 퍼 간다

우물은 혼자서
물만 만든다

엄마도 모르게
할매도 모르게

우물은 밤새도록
호비작호비작

혼자서
물만 만든다.

《어머니 사시는 그 나라에는》, 지식산업사, 1988, 170~171쪽

탄자니아에서 가장 살기 좋다는 아름다운 도시 아루샤에 가면 도시 한복판 로터리에 커다란 현판이 서 있습니다. 그 현판 꼭대기에 이런 글귀가 있습니다.

'물은 생명입니다'

물이 풍부한 우리나라에서는 그런 글귀를 읽어 보지도 못했지만 물에 대한 고마움이나 갈증을 모르고 그냥 살고 있지요. 아프리카인의 물을 사모함에 가슴이 저미어 옵니다.

지난 석 달 동안 탄자니아에 가 있으면서 가장 보람되었던 일이 우물을 파서 물탱크에 물을 채우는 거였습니다. 그동안은 돈만 있으면 우물을 파 줄 수 있다고 알고 있었습니다. 그러나 아니었습니다. 우물을 파서 거기 사람들이 쓸 수 있도록 하기까지 사람의 힘으로는, 더구나 돈만 가지고는 할 수 없는 일이 많았습니다. 얼마나 많은 어려운 과정을 거쳐서 그 힘찬 물줄기를 보게 되었는지요!

옛이야기에서 인간의 힘이 한계에 이를 때 나타나 착한 주인공을 도와주곤 하는 신적인 힘을 이번 우물 공사를 하면서도 여러 차례 경험했습니다. 우리도 하나님이 도와주신 기적으로 물을 얻었습니다.

그런데 한구석에 걱정이 있어요. 전기가 없는 그곳에서 발전기를 돌려서 물을 퍼올려야 하니까요. 발전기에 석유를 붓는 모습을 보면서 〈하느님의 눈물〉이 생각났습니다. 하느님께서도 이러지도 저러지도 못하는 일이 있어서 또 우시겠구나. 선생님께서는 또 얼마나 한숨을 쉬실까요? 저는 가슴만 쓰렸습니다. 선생님의 우물처럼 밤새도록 혼자서 호비작호비작 만들어 준 물을 그냥 바가지로 퍼올릴 수 있었으면 얼마나 좋을까요?

'에구, 도처에 전쟁이 왜 일어나는 줄 아는가?' 묻고 싶으시겠지만 그들이 어른 아이 할 거 없이 물을 찾아 들판을 헤매는 걸 보면, 선생님! 그래도 물을 펴야 하지 않을는지요.

(2013, 6주기)

호비작호비작 혼자서 물만 만드는 우물

한광애

〈우물〉이란 시를 읽는다. 시는 말한다. 우물 속에 들어 있는 물은 저절로 차오른 것이 아니라고. 물은 우물이 아무도 몰래 혼자 만든 것이라고 한다. 물은 어떤 마음으로 물을 만들었을까? 시를 보고 있으면 우물이 어떤 마음일지 조금 짐작할 수 있을 것 같다. 그리고 그 마음은 나에게로 와서 나도 우물처럼 무언가를 만들고 싶어지게 한다.

골목길에 우물이
혼자 있다.

골목길과 혼자라는 말이 묘하게 여러 감정을 불러온다. 고요하고 쓸쓸한 것 같으면서도 때로는 북적북적한 느낌이 전해진다.

엄마가 퍼 간다
할매가 퍼 간다

순이도 퍼 간다

돌이도 퍼 간다

우물은 혼자서
물만 만든다

혼자 있는 우물한테 엄마가 찾아오고 할매가 찾아오고 순이, 돌이가 찾아온다니 다정하고 정겨운 분위기가 느껴진다. 우물이 열심히 물을 만드는 보람도 있을 것 같다. 우물이 물을 만들기 싫다고 엄마를 따라가거나 할매를 따라가 버리면 어떻게 될까. 그러나 우물은 엄마도, 할매도, 순이도, 돌이도 따라가지 않고 혼자서 물만 만든다. 우물은 혼자 있는 시간을 온전히 물을 만드는 데 다 쓴다.

엄마도 모르게
할매도 모르게

우물은 밤새도록
호비작호비작

혼자서
물만 만든다.

아무도 모르게 우물이 혼자서 만든 물은 어떤 맛이 날까. 밤이 새도록 호비작호비작 물만 만드는 우물. 그 우물 앞에서 나는 숙연해진다. 자기가 할 일이 무엇인지 알고 그것에 온 정성을 다하는 아름다운 모습이 보여서다. 엄마와 할매와 순이와 돌이가 아무리 퍼 가도 마르지 않을 것 같은 우물, 아무도 모르게 밤새도록 물을 만드는 의연한 우물. 시는 묻는다. 너는 너를 위해, 그 누구를 위해 무엇을 만들어 내고 있는지.

(2013, 6주기)

감자떡

한광애

점순네 할아버지도
감자떡 먹고 늙으시고
점순네 할머니도
감자떡 먹고 늙으시고

대추나무꽃이 피는
외딴집에
점득이도 점선이도
감자떡 먹고 자라고

멍석 깔고 둘러 앉아
모락모락 김나는
감자떡 한 양푼
앞마당 가득히 구수한 냄새

점순네 아버지도

감자처럼 마음 착하고
점순네 어머니도
감자처럼 마음 순하고

아이들 모두가
감자처럼 둥글둥글
예뻐요.

《어머니 사시는 그 나라에는》, 138~139쪽

점순네 가족이 둘러앉아 감자떡을 먹습니다. 앞마당에 멍석을 깔고 구수한 냄새를 풍기면서 먹습니다. 감자를 닮아 둥글둥글 살아가는 착한 사람들 이야기가 마치 옛이야기 한 자락이 펼쳐지듯 그려지고 있습니다.

나도 점순이처럼 감자를 먹으며 시골에서 자랐습니다. 여름날 저녁이면 모깃불을 피우고 멍석을 깔고 밥을 먹고 감자를 먹었습니다. 엄마 무릎을 베고 누워 어둠속에 박혀 있는 별을 헤아리며 잠이 들곤 했습니다. 멍석에서 올라오는 독특한 짚의 향기, 모깃불로 썼던 매캐한 연기와 냄새, 살랑살랑 얼굴을 쓰다듬던 바람, 엄마가 들려줬던 이야기들이 이 시 속에서 살아납니다. 아름다운 것들을 가까이 두고 살았던 기억들은 감자처럼 둥글둥글 예쁜 마음으로 피어납니다.

점순이네 가족의 소박한 일상이 아름답습니다. 그들은 외딴집에 살아도 외롭게 느껴지지 않습니다. 꽃이 피는 대추나무가 있고, 김이

모락모락 나는 감자떡이 한 양푼 있고 마당에 멍석을 깔고 함께 먹을 식구가 있으니 이보다 더 풍요로울 수가 없어 보입니다.

점순이네가 살아가는 공간은 사람과 자연이 일치되어 있습니다. 나도 그들처럼 아름다운 사람이 되고 싶습니다.

(2011, 4주기)

〈달팽이〉 시에 담긴 이야기

신민경

달팽이 · 1

달팽이는 혼자서만 산다.

가죽나무 밑
명아주 풀잎에

달팽이는
혼자서만 산다.

**

달팽이 · 2

색시 달팽이가
방귀 뀌어 놓고

누가 보았을까 봐
누가 들었을까 봐

모가지 기다랗게 늘이고는
요리조리 살피다가

아무도 없으니까
집 속에 쏘옥 들어가 잔다.

**

달팽이 · 3

달팽이 마을에
전쟁이 일어났다.

아기 잃은 어머니가
보퉁이 등에 지고 허둥지둥 간다.
아기 찾아 간다.

목이 메여 소리도 안 나오고

기운이 다해 뛰지도 못하고
아기 찾아 간다.

달팽이가 지나간 뒤에
눈물자국이
길게 길게 남았다.

《어머니 사시는 그 나라에는》, 41~43쪽

5학년 아들 손을 잡고 저녁 찬거리를 사러 동네 슈퍼에 갔다. 큰 슈퍼에 맞서서 싸고 싱싱한 채소를 팔아 늘 손님이 많은 곳이다. 감자를 고르고 저울에 다는데 저울 옆 나무판에 초록 배춧잎 두 장이 서로 포개져 있다. 그 사이로 보이는 달팽이. 배춧잎을 살짝 들춰 보니 달팽이 두 마리가 보인다. 얼른 아들을 불렀다. 저울에 감자 무게를 달던 아저씨가 웃으며 위에 있던 배춧잎을 아예 훌떡 벗긴다. 큰 달팽이, 좀 작은 달팽이, 더 작은 달팽이들 네 마리가 배춧잎 위에 딱 붙어 꼬물꼬물거린다. 아들은 얼른 휴대폰을 꺼내 사진을 찍는다.

권정생 선생님의 시집을 들추다가 〈달팽이〉라는 시에 유독 눈길이 간다. 짧고 강렬하다. 시에서 나는 외로움, 어린아이 같은 마음, 삶, 사람, 사랑을 본다. 달팽이는 누구하고도 한 집에서 같이 살 수 없다. 〈달팽이 · 1〉은 3연 5행의 짧은 시다. 사실을 있는 그대로 보여 주고 있다. 달팽이는 혼자 살고, 가죽나무 밑 명아주 잎에 산다. 1연과 3연은 같은 시어를 반복하고 있다. 1연은 한 행으로 이루어져 있고, 3연은 같은 시어를 두 행으로 나누었다. 1연이 사실을 보여 주고 있다면 3연은 시인의 외로움을 담고 있다. 나는 3연에서 시인의 외로움에 감정이입이 된다.

'달팽이는 / 혼자서만 산다.'

나는 아련한 슬픔을 느낀다. 그러나 외로움, 슬픔만 느껴지지는 않는다. 운명을 담담히 받아들이는 의연함도 보인다.

내가 아들과 만난 달팽이는 외로워 보이지 않았다. 네 마리가 각자 자신의 집에서 살고 있지만 한 배춧잎 위에서 또 다른 배춧잎을 한 이불처럼 덮고 꼬물꼬물 함께 있어서였나 보다. 아마 나도 아들과 함께 있어서 외로울 새가 없었을 것이다. 같은 것을 보아도 다르게 느끼는 사람의 감정은 참 다양하다. 그 다양한 감정, 생각, 느낌에 귀 기울여 본다.

〈달팽이 · 2〉는 분위기가 또 다르다. 시인의 유머와 재치, 아이 같은 마음이 보인다. 재미있다. 달팽이가 '모가지 기다랗게 늘이고는 / 요리조리 살피다가' '아무도 없으니까 / 집 속에 쏘옥 들어가'는 이유가 '방귀 뀌어 놓고'는 부끄러워서 그러는 거다. 달팽이 중에서도 '색시 달팽이'이다. 시치미 뚝 떼고 아무 일도 없었다는 듯이 '들어가' 자는 색시 달팽이! 아무리 생각해도 웃음이 난다. 달팽이가 진짜 그러는 것도 같다.

〈달팽이 · 3〉을 나는 두 가지로 읽었다. 하나는 진짜 달팽이들이 겪는 위험스런 상황이다. 짓궂은 아이들이 괴롭히는 것일 수도 있고, 천

적이 나타나 잡아먹으려고 공격하고 있는 상황일 수도 있다. 목숨이 위태로운 달팽이들은 도망가고 싶어도 빨리 갈 수가 없다. 그렇게 태어났기 때문이다. 길게 남은 눈물 자국이 달팽이의 처지를 보여준다. 다른 하나는 우리 사람들에 빗댄 모습이다. 일제강점기, 한국전쟁을 겪은 우리 부모님 세대이다. 전쟁으로 아기를 잃고 여기저기 헤매 다니지만 달팽이처럼 느리게 간다. 기운이 다 빠지고 얼도 빠져 눈물 자국만 길게 남기고 간다. 모든 것을 다 뺏기고 절망에 빠진 어머니, 사랑하는 아기만을 생각하며 정신없이 찾아가는 어머니이다.

오래전, 20년도 더 됐다. 송희 언니랑 둘이 밤기차를 타고 안동에 내려갔다. 안동 동화읽는어른모임을 처음 만들기 위해 두 처녀들은 밤새 기차 침대에서 속닥거리고 재재거리다 잠깐 자고 안동역에 내렸다. 안동에서 볼일을 마치고 조탑동 빌뱅이 언덕 밑 작은 집을 찾았다. 권정생 선생님은 갈대 몇 가지를 꺾어 손에 들고 우리를 반기셨다. 첫 서리가 내리면 식물이 죽기 때문에 방안을 장식하려면 첫 서리가 내리고 나서 꺾어야 한다고, 그렇게 말씀하시며 갈대를 방 한구석 깡통 속에 넣어 소박하게, 그러나 멋스럽게 장식을 하셨다. 선생님은 물고기에도 이름이 있다는 얘기, 냇물을 들여다보고 있으면 물고기들이 하는 말이 들린다는 얘기, 겨울이면 생쥐가 와서 이불 속에서 자고 간다는 얘기, 작은 창밖으로 보이는 사과나무 밭이 사계절 얼마나 아름다운지, 그야말로 동화 같은 이야기들을 들려주셨다.

나는 이번에 《어머니 사시는 그 나라에는》을 다시 읽으며 선생님의 삶과 말씀을 되새겨 보았다. 아름다운 것을 아름답다고, 착한 것을 착하다고, 슬픈 것을 슬프다고 선생님의 시는 말한다. 선생님의 삶처럼 꾸미지도 보태지도 않는다. 착한 사람 눈에 발견되어 생명을 이어갈 수 있게 된 달팽이가, 선생님이 시 속에 담아 낸 이야기들이 나에게 말을 건넨다. 민경아, 바쁘다고 혹시 지나치거나 잊어버리며 사는 건 아니니?

(2013, 6주기)

그림책 꽃밭 만든 이야기

김미자

"볶은 커피와 그림책 카페." 이런 간판을 내걸고 커피를 팔기 시작한 지 3년째다. 처음 해보는 장사인지라 1년은 이런저런 새로운 경험만으로 시간을 보냈다. 한 벽면 가득 꽂아 놓은 그림책들과 천장에 달려 먼지만 쌓이는 영사기가 안타깝게 보이기 시작할 때쯤 몇몇 동네 엄마들의 도움을 받아 그림책 모임을 꾸렸다. 구로구 엄마들끼리 모여 정보를 나누는 인터넷 사이트에다 짧은 안내를 올렸더니 참 많은 엄마들이 그림책 읽고 글쓰기를 하고 싶다고 댓글을 올렸다. 할 수 없이 열 명으로 마감을 하고 모임을 준비하던 회원 다섯 명까지 모두 열다섯 명이 그림책 모임을 시작했다.

우리 모임의 처음 이름은 "그림책 인문"이었다. 그림책을 읽고 꼭 글을 써 올 것과 몇 가지 약속을 만들어 모임을 시작한 지 3개월째다. 모임에서 두 번째 읽은 그림책이 바로 권정생이 쓰고 정승각이 그린 《오소리네 집 꽃밭》이었다. 나는 우리교육에서 나온 《먹구렁이 기차》 안에 있는 원본 〈오소리네 집 꽃밭〉을 모임방에다 올려놓았다. 조탑마을 권정생이 살던 집, 마당, 뒷산에 핀 꽃 사진도 올렸다. 그림책을 처음 보는 회원들에게 도움을 주고 싶었고, 또 권정생을 잘 알리고 싶었다.

'이 그림책을 보고, 후배들은 과연 어떤 글을 써 올까?'

나는 궁금함을 가지고 모임 날을 손꼽아 기다렸다. 모두 열 네 명이 글을 써 왔다. 글을 써 온 회원들의 정성도 감동이지만 꽃밭에 불어온 회오리바람, 바람에 날려간 오소리 아줌마, 아내의 말을 잘 듣고 따라주는 오소리 아저씨를 꼼꼼히 살피며 자기를 풀어 낸 회원들의 글이 감동이었다. 돌아가면서 글을 읽는 동안 우리는 어쩔 수 없이 몇 번을 울었다.

일곱 살 때 유치원에 불이 나 온몸에 화상을 입은 아이가 치료 후에 초등학교에 입학했지만 아이들은 괴물 같다고 같이 앉으려고도 하지 않았다. 교장, 담임이 쩔쩔매며 해결하지 못하자 부모님은 할 수 없이 아이를 미국으로 보냈다. 그곳에서 어른이 된 유진(30살, 가명) 씨는 다시 한국으로 와 아이를 낳고 행복하게 살고 있지만 외롭고 두려웠던 어린 시절을 견딘 자신을 제대로 위로해 준 적이 없다고 했다. 그녀는 이번 그림책에서 오소리네 집에 불어 온 태풍을 눈여겨본 것 같다. 자기 인생에서 "태풍은 이제 끝났다"면서 오소리 부부가 건네는 예쁜 꽃 한 송이를 선물로 받은 기분이라고 말했다.

경북 양산이 고향인 가윤 씨(가명)는 인천에 있는 중학교 사회 선생님이다. 임신으로 육아휴직을 내고 쉬는 중에 그림책을 만났다. 가윤 씨는《오소리네 집 꽃밭》에 실린 훌륭한 그림들을 보며 고향 양산을 떠올렸다. 바쁜 엄마 대신 외할머니가 자기를 키웠고, 외할머니와 살았던 시간과 추억이 몹시 그립다고 했다. 새로 태어날 아가에게 엄마의 고향을 얘기해 주고, 엄마의 엄마이신 외할머니를 얘기하는데 왜 그리 눈물이 나는 걸까? 산에 불이 나면 마을 어른들은 물동이를 들고 산으로 올라가고 산에 있던 온갖 짐승들은 뜨거운 불을 피해 학교 운동장으로 내려왔다. 아이들은 멧돼지, 꿩, 토끼는 물론이고 오소리까지, 산에서 내려온 온갖 동물들을 실컷 구경했다. 같은 시대를 사는 사람이라 믿겨지지 않을 만큼 신비로운 장면이다. 그리고 뒤이어 바람이 불어오면 부는 대로 흔들리겠다는 사람, 또 바람이 불어와도 이제부터는 흔들림 없이 내 인생을 살겠다는 사람, 옥상에 가꾸기 시작한 텃밭 꽃밭 이야기를 풀어냈다.

언젠가 썼듯이 나는 권정생 선생님 살아 계실 때 조탑으로 찾아가 내 맘대로 선생님 맘과 몸을 어지럽게 해드리고 온 일이 있다. 두고두고 죄송스럽던 맘을 열다섯 명의 회원들과 함께 《오소리네 집 꽃밭》을 얘기하며 날려 버릴 수 있었다. 그날 우리는 "그림책 인문"이라는 어려운 이름 대신 "그림책 꽃밭"으로 모임 이름을 바꾸었다. 권정생의 시 〈꽃밭〉을 보니 시 속에 꽃밭이 있고, 꽃 이름이 있고, 게다가 바람이 있었다. 마침 알고 있는 노래인지라 작게 불러 보았다.

나팔꽃집보다
분꽃집이 더 작다

해바라기꽃집보다

나팔꽃집이 더 작다

"해바라기꽃집은 식구가 많거든요"
제일 작은 채송화꽃이 말했다.

꽃밭에 바람이 살랑살랑 불었다.

《어머니 사시는 그 나라에는》, 132쪽

(2013, 6주기)

설렘

강정희

일학년

눈이
배구공만 해요

입이
삼각자 구멍 같아요

학교 들어올 땐
발자국도 안 보여요

돌아갈 땐
참새 떼처럼
줄행랑쳐요.

《나만 알래》, 문학동네, 2012, 67쪽

유치원 졸업하고 처음 학교에 가는 아이의 모습이 눈에 보이는 듯하다. 아직은 유치원이 친근한 아이들 눈에 교문과 운동장은 낯선 풍경이니 점점 더 눈은 커져서 배구공만 해진다. 움츠러드는 마음 때문에 내 의사 표현은 마음대로 하지 못하니 입은 작아질 수밖에 없다. 아직 모든 것에 어색한 아이는 모든 것에 조심스러워지고 어찌어찌 긴 시간이 흘러 학교 종이 치면 하루를 잘 보낸 이야기를 엄마에게 하기 위해 집으로 향한다. 아이 모습이 그려져 웃음이 나온다.

누구에게나 처음은 힘들다. 그리고 그 경험은 오래 기억으로 남아 있는 것 같다. 이 시를 읽으며 40여 년 전 처음 엄마 손 잡고 학교로 향하던 내 모습이 떠올라 그때 그 기분을 느껴 본다. 엄마가 달아 주었던 흰 손수건은 학교 상징 같아서 좋았다. 학교 간다고 사준 새 옷이 왠지 어색했지만 내 덩치보다 크게 느껴졌던 가방은 너무나 소중했던 거 같다. 처음 교실 문을 열고 들어갔던 그날 내 가슴은 얼마나 두근거렸는지 모른다. 학교 선생님 말씀을 잘 듣기 위해 나는 열심히 귀를 쫑긋거렸다. 학교 끝나고 큰일이나 한 것마냥 한달음에 집에 돌아와 엄마에게 마치 모험을 하고 온 듯이 큰 소리로 떠들어 대던 내 모습이 떠올라 한참을 웃어 본다.

(2013, 6주기)

숨어 버린 나와 숨고 싶은 아이들을 위한 엉머구리

윤경희

권정생 산문 중에 〈장화 이야기〉(《빌뱅이 언덕》, 2012)라는 글이 있다. '어린 시절엔 하찮은 일도 아주 큰 상처로 남게 되나 봅니다.'라고 시작되는 글이다. 권정생이 일곱 살 때 도쿄 혼마치에서 짝짝이 장화를 신고 나갔다가 아이들에게 놀림당했던 일이 지금도 씁쓸한 상처로 남아 있다는 이야기다. 권정생은 어른이 돼서도 장에서 장화만 보면 끊임없이 사고 싶었고 결국 마흔이 훨씬 넘어서 장화를 사 신었지만 어릴 때 받은 상처가 씻기지 않았다고 했다. 검정 장화를 보면서 사고도 싶고 안 사고도 싶었을 마음이 짐작된다. 그렇게 40년을 장화와 밀고 당기기를 하다가 결국 사들고 와서 방에서 혼자 신어 보고 걸어 보고 그러다 '에이' 하고 벗어 버렸을 권정생이 그려져 웃지 않을 수 없다.

〈장화 이야기〉 같은 이야기가 나도 여러 개 있다. 우리 때는 '육성회비'라는 것이 있었는데 그때 돈으로 650원이었다. 그 돈을 제때에 내지 못해서 학교 가기 싫었던 적이 여러 번 있었다. 반들반들한 가죽 구두를 신은 친구들이 너무 부러워서 비닐 구두는 싫다고 가죽 구두를 사내라고 엄마한테 떼쓰다가 혼난 일도 있고, 초라한 도시락 반찬이 부끄러워 반찬 뚜껑을 열지 못했던 일도 있다. 지금은 웃으면서 말하지만 권정생 말처럼 그 웃음의 끝맛이 아직도 씁쓸하다.

요즘 아이들도 그럴 것이다. 먹을 것 입을 것이 넘쳐나지만 못 먹고 못 입는 아이들은 상대적으로 더 많이 힘들고 부끄럽다. 게다가 요즘은 공부 잘하는 아이와 공부 못하는 아이, 잘생긴 아이와 못생긴 아이, 강남 아이와 강북 아이로도 갈린다. 나는 친구들 앞에서 부끄러워지는 아이들과 같이 권정생의 시 〈엉머구리〉를 읽고 싶다.

엉머구리가 얼룩무늬 비단옷을 입었다
아직 추석도 멀었는데
엉머구리 엄마는
꼭 기태네 엄마처럼 바지런한 엄마인 게지
그러나 엄마 엉머구리는 가난뱅이
돈이 모자라서 비단을 조금밖에 못 떠 왔다.

엉머구리는 그래서
등때기만 비단으로 덮고
배때기는 허연 무명베로 기웠다.
-꼭꼭 엎드려만 있어야 한다
-예
-절대로 배때기가 보여선 안 된다
-예

엉머구리는 엄마 말씀대로
풀밭이랑 돌밭이랑 배때기 붙이고
엉금엉금 기어다닌다
아이들이 달려가 배때기를 구경할라치면
깜짝 놀라 물 속에 풍덩!
숨어 버린다.

《어머니 사시는 그 나라에는》, 34~35쪽

눈이 펑펑 내리던 날, 엄마가 꺼내 주시는 장화를 신고 신났지만 짝짝이 장화라고 놀려 대는 아이들 앞에서 녹아내리는 눈사람처럼 초라해진 어린 권정생을 달래 주고 어린 나를 달래 준 이 시가 아이들의 마음에 쌓인 서러움도 녹여 줄 수 있을 것 같다.

(2013, 6주기)

달팽이

이성실

달팽이 마을에
전쟁이 일어났다.

아기 잃은 어머니가
보퉁이 등에 지고 허둥지둥 간다.
아기 찾아 간다.

목이 메여 소리도 안 나오고
기운이 다해 뛰지도 못하고
아기 찾아 간다.

달팽이가 지나간 뒤에
눈물자국이
길게 길게 남았다.

편리하고 좋은 세상이다. 더우면 에어컨이나 선풍기를 틀고 추우면

난방하고 배고플 일도 없이 지낸다. 하지만 뉴스에서는 오늘도 전쟁 소식이다. 어디선가 테러가 일어나고 어디선가 전쟁으로 아이들이 죽어 간다.

상처를 벌겋게 드러내는 전쟁이 아니더라도 세상은 험악한 관계로 가득하다. 오늘 지구는 나의 생활방식 때문에 지구 반대편 아이가 고통받을 수 있는 한 마을이 되었다. '탄소발자국'을 연구하는 과학자들은 잘사는 나라 국민들은 1년에 탄소를 15톤 정도 배출한다고 발표했다. 잘사는 사람들이 해마다 10톤 이상씩 10년 이상 탄소를 배출하면 가난한 나라 국민 한 사람이 기후변화 때문에 죽는다고도 하니 무서운 세상이다! 싼값에 사 입은 티셔츠 한 벌을 두고도 방글라데시의 옷 공장에서 죽어 나간 가난한 사람들 소식을 보며 죄책감을 느끼게 되는 세상이다.

나는 권정생 선생님의 시를 많이 알지는 못한다. 하지만 〈달팽이〉는 기억한다. 전쟁의 아픔이 눈물 자국처럼 길게 길게 남아 있는 시다. 더구나 달팽이라니! 달팽이는 여리고 작아 사람이 지나가다 밟으면 와작! 땅바닥에 짓뭉개져 버린다. 전쟁은 가장 여리고 작은 존재들을 그렇게 형체도 없이 밟아 버린다. 아기 잃은 어머니, 보퉁이, 길고 긴 눈물자국……. 이렇게 슬픈 시는 다시 없을 것이다. 시의 주인공이 너무나 약한 달팽이라 더 그렇다. 게다가 매일매일 어디선가 이렇게 보퉁이 하나 가지고 피난 가는 가난하고 약한 누군가가 있을 것 같아서 슬프다.

권정생 선생님은 사는 내내 이리저리 이주를 하거나 쫓겨 다니던 기억을 붙들고 계셨을 터다. 일본 제국주의 시대와 한국전쟁 때 어린이였고 청년이었으니 병약한 몸으로 고생이 이만저만이 아니었을 게다. 시를 읽으면 보통이 하나 머리에 이고 있는 아낙네가 떠오르고 그 곁에 서 있었을지도 모를 권정생 선생님이 떠오른다. 작가로서는 꼭 필요한 감성이고 기억력이지만 내 아버지였다면 "그만 좀 내려놓으세요. 그냥 잊으세요." 하고 잔소리를 했을 것 같다. 불쌍한 권정생 선생님…… .

"불쌍은 절마다 있다!"

어린 시절 엄마는 내게 핀잔하듯 말하곤 하셨다. 내가 '불쌍하다'는 말을 많이 해서였을 것 같다. 요즘 나는 작가로서 기운을 잃은 듯하다. 즐겁고 행복한 일, 신나는 일만 추구하는 시대인데, 나의 작품이 그런 기운을 담지 못하고 있어서일까? 한마디로 재미없고 인기 없고 그렇다. 그런 가운데 김중미 작가가 《나는 어떻게 쓰는가》(씨네북스, 2013)라는 책에서 "내 글쓰기의 첫걸음은 세상을 향한 연민이다."고 말한 것을 읽는다. 연민이 작가에겐 무기가 될 수도 있겠구나. 그럼, 불쌍한 게 많은 나는 작가의 자질을 갖고 있는데 왜 이렇게 힘이 빠지는지? 문득 몸이 아픈 가운데 글을 쓰셨을 권정생 선생님은 대체 무슨 힘으로 그리하신 것인가 싶다. 불쌍한 권정생 선생님…… . 목숨이 다할 때까지 기억과 연민을 놓지 않고 글을 쓰셨을 테지. 좋은 작가를 얻은 우리에겐 복이지만 권정생 선생님 개인에겐 불행일 수 있겠다는 생각이 든다. 좋은 봄날 돌아가셨을 때 장례 마당에서 그 많은 사람들이 선생님을 기렸지만 선생님은 하나도 좋지 않았을 듯싶다. 이렇게 생각하는 내가 계속해서 글을 쓸 수 있을지, 어떤 글을 쓰게 될지 걱정이다. 세상에 대한 연민으로 꿋꿋하게 글을 쓰는 작가들이 부럽다. 지금 나는 좀 더 나를 들여다보고 내 안의 힘을 길러야 할 때인 것 같다.

(2013, 6주기)

총을 놓으면 되지

이주영

권정생 선생님 시를 읽으면 마음이 아리기도 하고, 슬프기도 하고, 따스하기도 하고, 푸근해지기도 하고, 웃음이 터지기도 한다. 그리고 콱 찔리기도 한다. 〈통일이 언제 되니?〉다. 이 짧은 시를 읽을 때마다 마음이 찔린다.

우리나라 한가운데
가시울타리로 갈라 놓았어요.

어떻게 하면 통일이 되니?
가시울타리 이쪽저쪽 총 멘 사람이
총을 놓으면 되지.

《꽃이파리가 된 나비》, 이주영 엮음, 우리교육, 36쪽

참 단순한 생각이고, 어린이 같은 마음이고, 막막한 이야기다. 총 멘 사람한테서 총을 빼앗는 것도 아니고, 총을 슬쩍 숨기는 것도 아

니고, 총을 놓으라고 한다. 곧 스스로 내려놓도록 해야 한다는 말이다. 백 번 맞는 말이다. 누가 뭐라고 해도, 어떤 세상이 되어도 끝내 총 멘 사람들이 총을 놓지 않으면 전쟁은 끝날 수 없다. 살육을 멈출 수 없다. 그런데 어떻게 하면 총 든 사람들 손에서 총을 스스로 내려놓게 하나? 남북이 헤어진 지 수십 년 동안 수많은 사람들 피땀으로 일궈낸 민주화, 그 결과 남북이 서로 오가면서 물꼬를 틔울 수 있었다. 그런데 그 물꼬가 하나둘 막히고, 총이 아니라 대포로, 핵폭탄으로 서로 위협하고 있다.

1995년 나는 이 시를 읽었다. 나한테는 불가에 들어가는 스님들이 받는 화두 같은 시였다. 1972년 내 삶이 송두리째 바뀌던 고등학교 2학년 때 일이 동시에 떠올랐다. 고2 겨울 방학을 얼마 앞두고 같이 자취하던 아이하고 대판 싸웠다. 흥사단에 모임이 있어 갔다가 영화 한 편을 보았다. 간디 일생을 다룬 영화였는데, 간디가 이끄는 민중들이 영국군들한테 맞는 장면이 가슴에 박혔다. 인도인들이 줄을 맞춰서 행진하면 영국군 앞잡이인 인도인 경찰들이 긴 막대기로 패서 무너뜨렸다. 그러면 또 한 줄이 걸어나갔다. 매를 맞아 쓰러지면 그 다음 시위대가 줄을 맞춰서 당당하게 걸어나가 맞고 쓰러졌다.

그 영화를 보고 자취방에 와서 그 충격과 감동을 신나게 떠들었다. 그리고 우리도 남북통일을 하려면 그렇게 해야 한다고 했다. 남쪽이 먼저 총을 버리고 맨몸으로 155마일 휴전선에 수십 겹 수백 겹으로 줄을 맞춰 앉아서 버티자. 아니 맨몸 맨손으로 철조망을 넘어서 북으로 가자. 그러면 설마 다 죽이겠는가? 먼저 총을 놓는 쪽이 이기는 거다. 뭐 그런 이야기였다. 그랬더니 그 친구가 그렇게 했다가는 공산당한테 다 죽고, 다 빼앗긴다고 했다며 펄펄 뛰었다. 1972년 가을이니 그럴 만하였다. 서로 우기다 끝내 그 친구가 나를 보고 빨갱이라고 하는 바람에 싸움이 붙었다. 나는 스스로를 빨갱이라고 생각할 수 없었던 것이다. 나는 너 같은 생각을 하는 게 바로 빨갱이라고 소리쳤다. 빨갱이는 전쟁을 좋아하지 않느냐, 어떤 일이 있어도 더 이상 전쟁은 안 된다고 하는 내 생각을 반대하고 끝까지 전쟁을 하려고 하니 그런 네가 바로 빨갱이라고 우겼다. 서로 상대편을 빨갱이라고 하면서 치고 박고 싸웠다. 그날 심하게 싸우고 우리는 헤어졌다. 나는 자취방을 나와서 독서실로 옮겼다. 3학년 때 화해를 하기는 했지만, 나중에 생각할수록 두고두고 부끄럽고 어처구니없는 싸움이었다.

그러나 그 싸움은 내 삶에 참 큰 영향을 주었다. 총 든 사람들이 총을 놓게 하려면 어떻게 해야 하나? 그 길이 무엇일까? 그 생각을 끊임없이 했고, 끝내 공고를 다니고도 대학을 진학하는 방향으로 바꾸었고, 그런 사람들을 만들려면 교육이 최우선이라고 생각했고, 초등학교 교사가 될 수 있는 교육대학을 가게 되었고, 어린이책과 어린이문학을 그런 마음으로 보게 되었고, 교육과 문화 운동을 멈추지 않고 할 수 밖에 없게 된 것이다.

그런데 총을 멘 사람들이 총을 놓기는커녕 점점 더 고집스럽게 움켜쥐고, 서로 도가 지나치게 막말을 해대고, 이웃나라는 평화헌법을 고쳐서 무장을 하겠다고 날뛴다. 정말 총을 놓게 할 수 있는 길이 없을까? 나는 그런 마음이 들 때마다 이 시를 꺼내서 다시 읽는다. 그리고 권정생 선생님 마음처럼 단순해져야지 한다. 그럴 수 있다는 어린이 마음으로 믿어야지 다짐한다. 총을 놓아야 한다고 생각하는 사람이 한 명이라도 더 늘어나기를 오로지 소망하면서.

(2013, 6주기)

아프니까 비슷해지네

김연희

결핵 · 4

한 점 바위 덩어리를 지고 살아가는 인간
결핵은 먼지보다 작은 벌레이면서
어쩌면 그토록 무겁게 실려 있는가

결핵환자는 과장되게 행동하며
배우처럼 익숙하게 거리를 걷는다.
무엇을 사랑하기에
미련스런 천치 같은 인간

저기 손수레에 연탄 배달하는 아저씨
짐을 내려놓고 나면 가벼워질 두 팔이
결핵을 싣고 가는 인간에겐
그것까지 부러워지는 오후

겨울은 가랑잎만 날리는 것인가!
결핵으로 지친 인간과 더불어
어디라도 좋으니
아주 먼 먼 나라에로 날려 주구려.

《어머니 사시는 그 나라에는》, 191~192쪽

〈결핵〉이라는 시를 읽으며 선생님의 두 마음을 본다. 아직은 사랑할 것이 남아 미련스럽게 목숨을 지켜 가는 당신이 스스로 가여운 한 마음과 차라리 이렇게 아플 바에야 결핵에 자기 목숨을 내놓고 훠어이 저 세상으로 날아가고 싶은 또 다른 마음이다. 선생님은 평생 당신의 몸과 마음을 갉아먹은 결핵이라는 큰 문턱을 넘어서지 못했다. 대신에 선생님은 그 문턱에 몸을 맡겨 걸터앉았다. 결핵이라는 문턱이 날카로운 못이 되면 몇 날 며칠을 꼼짝없이 누워 지냈고 결핵이라는 문턱이 베개마냥 낮아지면 동화를 쓰고 시를 썼다. 기를 써도 넘어갈 수 없는 고통의 문턱 앞에서 울부짖다 그 아픔을 토해 낸 시인 것 같다. 난 이 시가 선생님이 아프다고 말해서, 죽고 싶다고 말해서 좋다. 어떻게도 해도 사라지지 않는 고통 앞에서 아파 죽을 것 같다고, 연탄 배달 아저씨의 빈 수레마저 부럽다고 말한 그 모습이 그냥 우리네랑 비슷해서 좋다.

이 시는 간만에 들어 보는 선생님의 신세 한탄 소리이다. 보통 사람들의 앓는 소리이다. 나는 이렇게 미치도록 아픈 몸뚱이 앞에서 무너지는 선생님 모습을 보며 여러 가지 노환으로 쩔쩔매는 친정 엄마의 모습도 같이 본다. 내년이면 팔순인 엄마는 요즘 딱 두 가지 마음을 번갈아가며 나타낸다. 나이 들고 몸이 아픈 보통 할머니가 보여 주는 평범한 모습이다. 그것은 언젠간 당신에게 다가올 죽음을 받아들여야 한다는 마음과 어떻게 해서든 외면하고픈 마음이다. 두 마음의 기준은 당신 몸이 몹시 아플 때와 그러지 않을 때로 구별된다. 겨울옷을 정리하다 보니 다음 겨울에 이 옷을 다시 입을 수 있을까 하는 마음이 든다는 둥, 지난번에 찍은 영정용 사진은 공짜라서 그런지 맘에 안 든다는 둥, 돈 주고 제대로 다시 찍어야겠다는 등의 앓은 말을 하실 때는 몸이 많이 편치 않을 때다.

반대로 몸이 덜 아프고 기운이 나면 아홉수 타령이다. "이 아홉수를 잘 넘겨야 할 텐데." 하는 말을 입에 달고 다닌다. 누가 무슨 큰 병을 얻거나 큰 일을 당하면 그 사람이 올해 아홉수라서 그렇다는 둥, 반대로 아홉수도 아닌데 왜 그런 일이 생겼을까……. 아무튼 우리 엄마의 올해 화두는 무조건 아홉수이다. 터무니없지만 그 탓인지 나도 모르게 엄마가 이번 아홉수만 잘 넘기면 다음 아홉수까지 잘 버틸 것 같은 마음마저 든다. 그래서 올 한 해는 엄마의 큰 바람은 못 들어 드려도 작은 바람은 이루어 드리고 싶다. 엄마가 아홉수를 잘 넘기도록 힘을 실어 주고 싶다.

나이 든 사람들이 '이제 그만 살고 죽어야지' 하는 말은 거짓말 중의 하나라고 했던가. 요즘 친정 엄마를 보면 이 말이 맞을 수도 아닐 수도 있겠다 싶다. 늙고 병들어 죽는 것이 외롭고 무섭고 떨리지만 그 죽음이 당신만을 피해 가지는 않을 거라는 것 또한 알기에 하루에도 몇 번씩 마음의 갈피를 잃으신다. 사람살이의 자연스런 흐름에 몸과 맘을 맡기는 게 쉽지 않아 보인다.

(2013, 6주기)

〈일본 거지〉 그리고 의성 방아실

이기영

의성(義城) 방아실에 살고 있는 은이는
태어나서 백일이 못 되어 아버지와 헤어져
은이는 아버지 모습이 어떻게 생긴지도 몰랐다.

대동아전쟁으로 헤어진 어머니와 아버지
아버지는 일본 대판 어딘가에 살고 있다는
풍편에 들리는 소문밖에 몰랐다.
은이는 자라면서 어머니께 물었다.
— 어매 어매, 우리 아부지는 어디 갔노?
— 너어 아부지, 모린다 모린다.
옹기 장수 홀애비한테 훗살이가서 살고 있는 어머니는
짜증만으로 대답하고 입을 다물어 버렸다.

은이는 철이 들고부터
식모살이, 공장직공살이
겨우 나이들어 공사판 노동자 신랑한테 시집갔다.

남편과 함께 손수레 행상을 하며
자식 남매를 낳아 키우면서
혹시 일본에서 아버지 소식을 기다렸다.

1982년 재일교포 성묘단이 왔을 때
은이네 아버지가 유령처럼 불쑥 나타났다.

은이는 아버지 얼굴을 모른다.
그래서 은이는 마음 속에
제 멋대로 아버지 모습을 그리며 살았다.
키가 크고 미남자에 돈 많은 신사 아버지를…….

그런데, 사십 년 만에 찾아온 아버지는 거지가 되어 왔다.
이웃집에서도, 고갯너머 마을까지
은이네 아버지가 왔다는 소문은 떠들썩했다.
— 재일교포는 모두 부자라 카드라
— 은이는 인자 벼락부자됐다
— 은이 신랑, 박서방은 장가 잘 들어 장인 덕 톡톡히 보겠군

그러나, 찾아온 은이네 아버지는
백발에 주름투성이 쭈구러진 거지 노인이었다.
은이는 처음 영문도 모르게

홋살이가서 역시 늙은 할머니가 된 어머니가
— 너어 아부지다
말했기 때문에 그냥 아버지로 믿었을 뿐이다.

얼굴도 모르는 아버지,
그런데도 은이는
서먹서먹하던 처음과는 달리
그 거지 노인에게 정이 갔다.
— 아부지이!……

은이는 통닭을 사다 고아 드리고
평생 저희들은 먹어 보지 못한
불고기 반찬도 만들어 드렸다.

재일교포 성묘단이 떠나던 날
은이네 아버지, 거지 노인은
딸에게 염치도 체면도 없이
용돈 오만 원을 얻어 갔다.

은이는 마을 사람 몰래
남편 박서방 몰래
이리저리 꾸어다 맞추어

오만 원을 드렸다.

1982년 4월에
불쌍한 한국의 딸
은이가 살고 있는 의성 방아실 동네에
사십 년 만에 일본 거지 노인이 다녀갔다.

《어머니 사시는 그 나라에는》, 208~212쪽

〈일본 거지〉라는 시를 읽는데 영락없는 권정생의 큰형 이야기 같다. 해방 이듬해 권정생의 가족은 고국으로 돌아온다. 그때 큰형은 함께 오지 못했다. 남편과 헤어진 형수는 어린 딸을 안고 친정이 있는 의성으로 갔다. 형과 형수는 그때부터 평생을 헤어져 살았다.

권정생의 큰형은 1982년 재일교포 성묘단에 끼어 고향을 방문했다. 그 무렵 《몽실언니》가 안기부에서 검열을 받고 있고 권정생은 가톨릭농민회 등 지역모임에 참석하던 터라 요주의 인물이 되어 있었다. 큰형이 왔을 때 권정생이 화장실 가는 데까지 따라다니며 감시를 하는 통에 가까이에서 얼굴 한 번 보지 못하고 헤어졌다는 얘기를 권정생은 어느 인터뷰에서 담담하게 털어놓았다. 권정생은 형제들과 왕래를 하지 않고 그 그리움을 내색하지 않고 살았으니 인터뷰를 읽었을 때는 그러려니 했다. 그런데 〈일본 거지〉라는 이 시에서 권정생은 꼭꼭 숨겨 두었던 가족에 대한 애틋한 마음을 모두 들켜 버린 거 같다. 권정생은 조카를 생각하며 '방아실 은이' 이야기를 썼을 것이다.

은이는 얼굴도 모르지만 가슴속에 아버지가 늘 그리움으로 있었다. “재일교포는 모두 부자라 카드라.” 하는 소문이 돌았지만 그보다 은이는 아버지를 만날 수 있게 된 게 꿈인가 생시인가 했다. 꼭 부자가 아니어도 좋겠다 생각했지만 그렇다 해도 은이 아버지는 거지와 다를 게 없는 모습으로 은이 앞에 나타났다. “백발에 주름투성이 쭈구러진 거지노인이었다.” 그런 아버지였지만 은이는 “통닭을 사다 고아 드리고 평생 저희들은 먹어 보지 못한 불고기 반찬도 만들어 드렸다.” 그리고 “마을 사람 몰래 남편 박서방 몰래 이리저리 꾸어다 맞추어 오만 원을 드렸다.” 은이는 철이 들고부터 식모살이, 공장 직공살이를 했고 공사판 노동자 신랑에게 시집을 가서 남편과 함께 손수레 행상을 하며 자식 남매를 낳아 키우며 살았다. 공부할 나이에 노동에 시달리고 아버지와 이산가족이 된 은이는 그야말로 “불쌍한 한국의 딸”이었다.

권정생은 어느 글에선가 《몽실언니》는 이 땅에 가난하고 슬픈 언니들의 삶을 모두 담아서 쓴 것이라고 했는데 은이가 바로 그런 몽실언니의 한 모습이었다. 권정생 자신은 고국 땅에서 형님 얼굴을 제대로 보지도 못했지만 바람에 실려 들렸는지 그저 상상으로 그려 본 것인지 어린 조카가 제 아비를 만난 이야기를 이렇게 애틋하게 한 편의 시로 남겨 놓았다.

의성 방아실에는 은이네가 살고 있고 또 그 마을 작은 산 중턱에는 우리 시어머니가 누워 계신다. 내가 ‘권정생’ 공부를 한다고 하니까

공무원인 시누이는 '권정생'과 관련된 이야기나 자료가 있으면 꼭 챙겨 준다. 몇 년 전에는 권정생의 형수가 의성에서 생활대상 보호자로 혼자 살고 있다는 이야기를 해주었다. 딸이 하나 있는데 같이 살지는 않는다며 가서 만나고 싶으면 같이 가주겠노라고 했다. 대답은 했지만 꼭 가서 만나야겠다는 생각이 없었고 시어머니가 병중이시라 잊고 살았다. 시어머니가 돌아가시고 나서 어느 날 갑자기 생각이 나서 알아보니 권정생의 형수도 벌써 돌아가셨다는 소식이 돌아왔다.

〈일본 거지〉 시 한 편에 권정생과 그의 큰형과 형수, 그리고 우리 시어머니가 이런 연을 잇고 있었다. 아쉬움과 그리움에 마음이 촉촉해진다.

(2013, 6주기)

권정생 선생님께

오진원

선생님, 잘 지내고 계신지요. 올해는 봄이 봄 같지 않고 어찌나 추운지, 과연 봄이 오기는 하는 건지 궁금할 정도였어요. 이게 다 기후변화 때문이라네요. 음 ……. 굉장히 찔리는 말이에요. 아무리 이런저런 이유를 대어 봐도 제가 기후변화에 일조하고 있다는 사실을 부정할 수가 없으니까요.

다행히 5월에 들어서면서 날씨가 제법 봄다워졌어요. 아침저녁으로는 조금 쌀쌀한 듯하지만 낮에 걸어다니다 보면 찔끔 땀이 날 때도 있어요. 그런데 따뜻한 날씨를 기다릴 때는 언제고 막상 날씨가 따뜻해지자 또 다른 고민이 몰려와요. 작년 여름의 무더웠던 날씨가 떠오르는 거예요. 37도를 넘는 날이 하루이틀도 아니고 몇 날 며칠씩 계속됐거든요. 또 겨울엔 얼마나 추웠는지……. 혹시 올해도 여름엔 불같이 더운 날이 계속되고, 겨울엔 살을 에는 추위가 계속되는 건 아닌지 벌써부터 정말 걱정이에요.

선생님 계신 곳은 어떤가요? 이곳의 기후변화야 우리가 저지른 업보니 어쩔 수 없지만, 선생님 계신 곳은 이곳과는 다른 세계니 괜찮으신가요? 더구나 선생님은 저처럼 기후변화에 일조하는 행동 따윈 하지 않으셨으니까요. 괜찮겠지 괜찮겠지 싶으면서도 걱정은 계속 돼요. 기후변화에는 국경이 없다잖아요. 지구온난화를 일으킨 나라들은 따로 있는데 그 여파로 투발루나 몰디브가 잠겨 가고, 북극의 얼음이 녹아 가는 것처럼 말이에요.

에휴, 날씨 걱정하느라 본론이 너무 늦어 버렸네요. 사실 선 요즘 걱정이 있어요. (날씨 걱정에 이은 또 다른 걱정…… 걱정도 참 많죠?) '시' 때문이에요. 전 '시'를 좋아하지도 않지만 시에 대해 두려움 내지 열등감 같은 것도 있어요. 그래서 한동안은 정말 시를 들여다보려고도 하지 않았지요.

제가 언제부터 이렇게 됐는지는 확실히 모르겠어요. 제가 생각나는 건 고등학교 국어 시간에 시를 배울 때마다 무척 괴로웠던 추억부터지요. 선생님이 시를 분석해서 설명해 주시는 내용을 도무지 공감할 수가 없었거든요. 물론 모든 시가 다 그랬던 건 아니었어요. 하지만 대부분의 시가 그랬어요. 선생님께서는 시에 밑줄을 쫙 긋고 여기 이 부분은 무슨 내용을 상징하는 거라고 하시는데, 아무리 그렇게 생각하고 생각하려 노력을 해봐도 도무지 그렇게 느껴지질 않는 거예요. 어떤 시의 어떤 부분을 어떻게 설명하셨는지는 기억도 나지 않아요. 선생님 말씀처럼 그런 내용이다라고 받아들이기 위해 무척이나 애를 썼지만 도무지 그렇게 되질 않았다는 기억만 남아 있지요. 아마 잊고 싶었기 때문일지도 몰라요.

돌이켜 보면 고등학교는 제 인생에 굉상히 큰 영향을 끼쳤어요. '시' 하고는 다시는 상종을 하지 말아야겠다고 생각을 하게 됐고, 국문과는 제 목표 가운데서 쫙쫙 줄을 그어 버리게 됐으니까요.

그리고 오랫동안 저는 시를 잊었어요. 물론 간간히 시를 다시 만날 수밖에 없을 때도 있었어요. 대학 학보사에 들어갈 때 본 시험에서는 사진을 한 장 주고 시를 쓰는 게 있었는데 나중에 알고 보니 뜻밖에도 그 시가 굉장히 높은 점수를 받았더라고요. 또 생일 선물로 늘 시집을 사주는 친구도 있었고요.

하지만 이런 일들이 저를 다시 시와 가까워지게 만들진 못했어요. 학보사 시험 때 썼던 시는 어쩌다 보니 그럴듯하게 써졌을 뿐이라 여겼고, 친구가 준 시집은 한두 편 대충 훑어보다 책장에 처박히기 일쑤였으니까요. 제 마음속엔 '나랑 시는 너무 안 맞아'라는 생각이 너무나 강하게 박혀 있어서 뽑아내기가 어려웠어요.

어린이책을 보면서도 동시는 의도적으로 피해 가곤 했어요. 가끔 '참 좋다'고 여겨지는 동시들이 있기는 했지만 시에 대한 관심으로 이어지진 못했어요. 시에 대한 이런 선입관이 조금이나마 깨지기 시작한 건 선생님이 쓰신 시집《어머니 사시는 그 나라에는》을 보면서였어요. 시집 같은 걸 손에 쥐질 않는 제가 선생님 시집을 읽게 된 건 선생님이 궁금해졌기 때문이었지요. 어린이도서연구회 신입교육을 받으면서〈강아지똥〉이나《몽실언니》를 볼 때, 솔직히 이해할 수가 없었거든요. 왜 이 작품들이 좋은 건지도 모르겠고, 몽실언니의 모습은 정말 답답하기만 했거든요. 도대체 왜 다들 권정생, 권정생 하는 건지 궁금했어요.

그러다《점득이네》를 읽으면서 갑자기 선생님 작품이 좋아지기 시작했어요. 〈강아지똥〉이나 《몽실언니》도 이해할 수 있게 됐어요. 이미 봤던 선생님 작품을 다시 보고, 다른 작품들을 찾아보기 시작한 것도 이때부터였어요. 덕분에 저랑 상극이라 여겼던 시집인 《어머니 사시는 그 나라에는》도 보게 된 거지요. 그런데 거기에 가슴이 쿵 내려앉는 시들이 있었어요. 시를 보는 눈이 없으니 그 시가 좋은 시인지 아닌지는 잘 몰라요. 하지만 읽고 나서 가슴에 뭔가가 턱하니 걸린 듯, 가슴이 먹먹하면서도 눈앞에 이미지가 그려지는 시들이 있었지요. 그때 처음 깨달았지요. 짧지만 시에는 정말 많은 것들이 담겨 있다는 것을요.

소 7

장터 푸줏간 옆을 지날 때마다
소는 거기 매달린
시뻘건 고깃덩어리를 보았다.
바깥까지 풍겨 나오는 냄새 때문에
처음엔 신기했다가
그 다음엔 무서웠다가
다음엔 왠지 처량해졌다.
그 피 냄새와
시뻘건 고깃덩어리가
살아서 울고 있는 것만 같았기 때문이다.

장터 푸줏간 옆을 지날 때마다
어디선지 할아버지와 아저씨들
그리고 동무들과 동생들의 울음 소리가 들려왔다.

《어머니 사시는 그 나라에는》, 28쪽

**

삼베 치마 1

왕골논 안 집
안동 아지매 치마 안에
갈숲 바람
바닷바람 들었다.

아지매 물동이 이고
바삐 바삐 걸어가면

삼베 치마
사륵 사륵 사륵
갈숲 바람 소리
바닷바람 소리

앞의 책, 152쪽

2. 생소깝

생소깝 해 왔니껑?
한 짐 쫓아 왔제요.
내구랍아 어예 땔리껑?
그게 좋제요.
내구랍으만 실컷 울제요.
생소깝 지피만 내구랍고
내구랍으만 실컷 울고
천생 과부는 생소깝 지펴 놓고
실컷 실컷 울어야제요.

〈안동 껑껑이 · 1〉 부분, 앞의 책, 196~197쪽

이때부터였어요. 전 여전히 시랑 친해지진 않았지만 적어도 시에 대한 선입견은 확실히 깰 수가 있었지요. 그런데 말이에요, 요즘 다시 시가 두려워지기 시작해요. 중학교 2학년이 된 아이가 숙제를 해야 하는데 도무지 모르겠다며 저한테 국어책을 들고 왔어요. 숙제는 본문에 있는 시가 아니었어요. 단원을 소개하는 쪽에 나와 있는 시들을 본문처럼 분석해 오는 것이었지요. 그런데 분석 방법이라는 게 저로서는 참 이해하기 어려웠어요. 시에 나타닌 은유법, 직유법을 찾아내고, 각 구절이 촉각적 심상인지, 후각적 심상인지, 시각적 심상인지,

공감각적 심상인지를 쓰고, 각 연이 여성적인지 남성적인지를 써 가야 했어요.

제가 이해하기 힘들었던 건 여성적, 남성적을 구분하는 것이었어요. 과연 시 한 편을 가지고 이런 구분을 하는 게 맞는가 싶기도 했지만, 여성적이라는 건 정적인 것이고, 남성적인 건 동적이라는 것도 이해하기 힘들었어요. 또 이런 구분 방법에 따라 여성적 남성적을 구분한다고 해도 잘 구별이 되지 않는 것도 있었고요. 제가 여성적이라 느끼는 걸 아이는 남성적이라 느끼기도 했고, 제가 남성적이라 느끼는 걸 아이는 여성적이라 느끼기도 했죠. 결국 남성적인지 여성적인지는 세 식구가 다수결로 결정해서 숙제를 마쳤어요.

숙제를 하면서 저는 아이가 저처럼 시를 싫어하게 될까 걱정이 되기 시작했어요. 아이가 공감하지 못하는 분석방법으로 이렇게 분석을 하다가 진짜 시의 참맛을 잃어버리면 어쩌나 하고 말이에요. 제가 그랬던 것처럼요.

아이는 어려서는 툭하면 자기가 시를 읊어 보겠다고 했어요. 새벽에 일어나서 본 가로등 불빛이 예쁘다면서, 꽃잎이나 낙엽이 날리는 걸 보면서, 둥근 달님을 보면서……. 아이는 가슴 뿌듯한 모습을 보면 길을 가다가도 "엄마, 내가 기분을 시로 말해 볼게." 하곤 했죠. 이런 모습이 점차 사라진 건 초등학교 3, 4학년쯤이었어요.

"왜 요즘엔 시로 말 안 해?" 하고 물으니 "시는 리듬감, 반복…… 뭐 이런 게 있어야 하는 거라……." 하고 입을 다물기도 했어요. 이때도 걱정은 됐지만 아주 심각하게는 생각하지 않았지요. 그런데 이번엔 정말 심각한 고민이에요. 시란 이렇게 낱낱이 해체하고 분석하는 게 아니라 가슴으로 느끼는 거라는 것을 알려주고 싶은데 말이에요.

선생님! 뭐 좋은 방법 없을까요? 저도 열심히 생각해 볼 테니, 선생님도 좋은 방법 있으면 꼭 알려주세요.

2013년 5월 14일

오진원 드림

(2013, 6주기)

선생님, 정말 죄송합니다

이향숙

고무신 · 3

- 재운이네 동무들에게

재운이는 왜
운동회날 결석을 했을까?

재운이는 교장 선생님께 맞은 볼때기가
언제까지 아플까?

재운이는 선생님이 사다주신
체육복과 운동화를 어디다 감춰 뒀을까?

미애와 승숙이가 울고
동무들 모두가 울어 주었는데도
재운이는 왜 동무들과 함께
운동회날 달리기를 안 했을까?

교장 선생님의 꾸중대로
머리 깎고
체육복 입고
운동화 신고
그러면 다 될 텐데
그게 왜 안 되는 걸까?

재운이네 동무들은 모두
알고 있을 게다.

오랫동안 정들었던
우리 집 소를 팔아 버린 뒤
그 허전했던 마음을.
아무리 새로 사 온 소가 훌륭해도
사랑하고 아끼던
늙은 우리 암소가 불쌍하다는 것을.

서울 구경 가서
화려한 거리를 구경하고
공원을 구경하고
맛있는 음식을 먹어도
고향의 바다와 산과

비좁은 우리 집이 그리운 것을.

그렇지?
재운이에겐
미애와 승숙이가 흘린 눈물만으로는
동무들이 울어 준 잠깐 동안의 동정만으로는
선생님이 사다 주신 새 체육복과 운동화만으로는
교장 선생님께 얻어맞은 볼때기의 아픔이
그 쓰린 아픔이
가슴의 아픔이
가시어질 수 없었을 게다.

재운이는 벌써 전부터
깜둥 고무신으로 외톨이가 되어 가면서
얼마나 참고 살았을까?
한 벌뿐인 옷으로
일 년 내내 견디면서 살아온
재운이

동무들은 그런 재운이를 두고
운동화 신고
체육복 입고

서로 자랑하며 서로 뽐내며
재운이를 멀리 멀리
모르는 사이에 따돌려 버렸지.

재운이가 고무신 신고 있었을 때
동무들 중에 누구 하나라도
같이 고무신 신고
같이 뜀박질을 했더라면
재운이는 외롭지 않았을 텐데

교장 선생님이 꾸중하시며
볼때기 때렸을 때
함께 울어 준 동무들이
좀더 용감하게 감싸 줬더라면
동무들 모두가
신고 있던 운동화를 벗어 버리고
체육복 같은 것도
훌훌 벗어 던져 버리고
런닝샤스와 팬티 차림으로
맨발이 되었더라면

그래서 모두 같이

교장 선생님께 볼때기를 맞았더라면
꾸중을 들었더라면
재운이가 맞은 볼때기는 훨씬 덜 아팠을 텐데
가슴까지 한이 되어 남지 않았을 텐데

재운이가 결석한 운동회날도
동무들은 못나게시리
저희들끼리만
운동화 신고
체육복 입고
달리기를 했겠지.
재운이의 슬픔은
잠깐 동안 그렇게만 흘려 버리고
몇 방울의 눈물만으로 끝내 버리고
부끄러운 동무들
못난 동무들
재운이는 그런 동무들이
더 없이 원망스러웠을 게다.

진짜 운동회는
마음의 운동회가 되어야 하는데
체육복 입고

운동화 신고
많은 구경꾼 앞에서
자랑하는 운동회
교장 선생님의
체면 세워 주는 운동회
그런 운동회는 정말 운동회가 아닐 게다.

차라리
우리 모두
운동화 벗어 던지고
체육복 벗어 던지고
깜둥 고무신 신고
재운이와 함께
미애도 승숙이도
모두가 함께 가난하게 되어
산으로 들로
뛰어다니며 뒹구는 게
진짜 운동회일 게다.

재운이는 교장 선생님께 맞은 볼때기가
언제까지 아플까?
어른이 되도록

할아버지가 되도록
낫지 않을지도 모를 게다.
승숙이도 잊어버릴 테고
미애도 어느새 잊어버릴 테고
동무들 모두 다 잊어버리겠지만……

《어머니 사시는 그 나라에는》, 99~107쪽

선생님 정말 죄송합니다
선생님께서는
가난해서 체육복도 못 입고
운동화도 못 신고 운동회 연습하다
교장 선생님께 매 맞은 재운이를 보고
가슴 아파하셨잖아요.

이 땅에 다시는 재운이같이 아픔을 당하는 아이가
없어야 한다고 생각하신거지요?
그런데 어쩌지요?
선생님이 떠나신 지 6년.
그때보다 지금은 더 무서운 세상이 되었습니다.

선생님께서는
재운이가 교장 선생님께 맞는 것을 보고

함께 운 미애와 승숙이에게

왜

너희는

운동화 벗어 던지고

운동복 벗어 던지고

재운이와 함께 뛰지 않았냐고 하셨잖아요.

함께 울어 준 동무들이

좀 더 용감했어야 했다고 했어요.

선생님,

요즘은요,

재운이 같은 아이는요,

함께 울어 주는 동무는 커녕,

동무들에게 왕따를 당해서

학교에 못 다닐지도 몰라요.

왕따 당하다가 죽은 아이가

신문에 기사로 실려요.

잊을 만하면 실리고.

잊을 만하면 실리고.

이것이 아이들 잘못일까요?

아이들이 하는 짓을 보면

우리 어른들이,
이 사회 어른들이 하는 짓과
조금도 다르지 않아요.

선생님도 하늘나라에서 다 보고 계시지요?
그래서 다 알고 계지지요?

선생님, 정말 죄송합니다.
이 땅에 남아 아이들을 돌보는 어른인 우리가,
동화를 읽으며 동심의 귀함을 아는 우리가,
아무것도 못한 것 같아서요.
미애나 승숙이처럼 울어 주지도 못한 것 같아서요.
담임선생님처럼 울면서 씻겨 주지도 못한 것 같아서요.
그것도 상처받은 재운이에게는 아무 소용이 없었지만요.

선생님,
지금, 여기서
저는 어찌해야 할까요?

부끄럽습니다.
자꾸 부끄럽습니다.

(2013, 6주기)

날이 갈수록 빛나는 이여!

강정규

언젠가 한 번은,

동화작가 (남자랑 여자랑) 몇이서 양념한 고기며 상추 쑥갓 등 마련해 가 더운 밥에 생선찌개까지 끓였더니 한 사발 다 비우고 땀을 닦으며 저기 저것 좀 봐, (빼덕어미 무덤 가리키면서) 그게 거름이 되었는지 그 위에 자란 나무가 잎이 저리 무성하다며.

언젠가 한 번은,

신문기자랑 출판사 사장이랑 동행했는데 방문 앞 폐타이어 위에 반바지 차림으로 걸터앉아 앙상한 다리 자꾸 긁고 있었다. 간밤에 모기들이 물어 가렵다면서, 마당가 빼덕어미 묻은 자리엔 지난해보다 더더욱 짙푸른 나무 잎새들.

언젠가 한 번은,

부산인가 대군가 다녀오다가 (지나는 길에 들렀다면서) 반 넘게 썩은 사과 한 알 얻어먹으며 이런저런 이야기 들어 봤는데, 일찍 익은 사과를 벌레 먹는지 벌레 먹은 사과를 벌레 먹는지, 여하튼 자기는 원고지 한 장 값이 사과 한 상자 값과 맞먹는다면 뙤약볕에 땀 흘리는 농사꾼이 불쌍해 제약회사 원고 같은 건 쓸 수 없다며.

언젠가 한 번은,

한겨울 추운 밤, 눈은 내리고 연탄불로 데운 방, 쌓아 놓은 책에 밀려 무릎 맞대고 앉았는데 늦가을 감나무 아래서 주웠다는 반쯤 벌레 먹고 반쯤 얼어터진 홍시 몇 개 내놓으며 우리 살아생전 고단했던 얘기 모두 기록으로 남기자며, 이야기하다가 이렇게 그냥 잠들자며.

살아 있을 때 누군가는 이미 자기 이름으로 문학상도 만들고 시비를 세우는 사람까지 있지만(물론 그럴 수도 있으므로 뭐가 어떻다는 얘기가 아니라) 그래서 몹시 빛나는 사람도 있지만 살아 빛나는 사람보다 죽어 비로소 빛나는 사람이여! 날이 갈수록 잊히기는커녕 더더욱 빛나는 사람이여!

(2014, 7주기)

3

나는
어떤 할머니가
될까

똘배어린이문학회 동무들이랑 선생님 이야기해요

최해숙

선생님, 선생님, 우리 권정생 선생님, 많이 그립습니다. 사람들이 선생님 돌아가신 지 벌써 2주기래요. 늘 선생님이 안동에 계시다고 생각하며 이제나 저제나 선생님 뵈러 가려고 하는데요.

오늘은 주일입니다. 교회 가서 예배드리고 왔어요. 저녁 내내 찰스 M. 쉘돈 목사님이 쓰신 《예수라면 어떻게 할 것인가》(예찬사, 1982)를 읽었습니다. 돌아가시기 몇 년 전에 저에게 하셨던 선생님 말씀이 생각났어요. 하느님을 믿고 의지하되 기독교인은 되지 말라시던. 다시 자세히 듣고 싶습니다. 어떻게 하라시는 건지요. 사실 저도 요즘의 교회 행태를 걱정하고 있어요. 기독교, 하느님께서도 힘드실 거예요. "내가 언제 기독교를 세웠더냐?" 하시며. 안동에 내려가 여쭙고 싶은데 왠지 일직에 내려가면 빈 하늘만 보고 돌아올 거 같아서 두려워 가지 못합니다. 054-○○○-8080 전화를 해도 받지를 않으시잖아요. 선생님 계실 때 찾아뵈면 '이 팔목이 아파서 글을 쓸 수가 없다'고 하시며 그 여린 팔목을 보여 주셨지요. 집에 돌아와 얼마 지나면 어느 잡지에선가 영락없이 선생님의 짧은 글을 만납니다. "에구, 선생님 정말 아프신 거 맞아?" 하면서 선생님의 아픔을 잊곤 했어요. 선생님이 속삭이듯 조용히 하시는 말씀도 우리 마음에 천둥처럼 큰 울림으로 들어오기 때문에 선생님이 지금 아픈 분이란 걸 순간 잊어버리고 말아요. 긴 시간 이야기를 하고 난 후에는 며칠씩 앓는다고 하시는데도 우리는 왜 그렇게 선생님을 붙들고 떠날 수가 없었을까요?

지난 4월 12일 예수님의 부활절 기념예배를 드렸어요. 부활하신 예수님과 함께 사는 지혜를 묵상하면서 '옳거니' 했습니다. 선생님과 함께 사는 길이 훤히 보였거든요. 얼마나 기쁜지……. 동경에 사는 변기자 선생님과 함께 지나갔던 선생님 사셨던 골목길. 변기자 선생님이 차창 밖으로 눈길을 주며 말했습니다. "저기가 권정생 선생님이 사셨던 곳입니다." 훌쩍 지나쳐 버렸던 길. 올해 제 발로 그 땅을 밟아 보려고 계획하고 있습니다. 이스라엘 여행 갔을 때 나사렛 언덕에서 예수님의 어린 시절을 떠올리며 행복했던 감동으로 선생님의 어린 시절 놀이터였을 골목길에서 어린이 권정생을 만나면 너무 즐거울 거 같습니다. 쿡쿡쿡 웃어요. 꿈을 꿉니다. 꼭 다녀올게요.

날마다 도서관에서 아이들을 만나면서 제가 얼마나 행복한지요. 저는 사람들을 아이로 만나기를 좋아합니다. 누구라도 아이로 만나면 사랑스럽거든요. 코리아의 어진 여인네들의 기도로 우리에게도 통일과 평화가 오리라고 꿈꾸신 선생님의 소원이 이루어질 거 같은 때가 있었지요. 할머니가 밥데기 죽데기를 시켜 노란 금가루를 뿌리기 시작한 거 같았으니까요. 저희도 온 강산에 노오란 병아리가 삐악거리는 소리를 들을 수 있으리라고 기대했답니다. 라디오, 텔레비전 뉴스를 열심히 듣기 시작했습니다. "여러분, 드디어 세계 인류에게 평화가 찾아왔습니다." 아나운서의 방송 소리를 놓칠세라. 그런데 요즘 언젠가 제게 하신 말씀이 생각나기 시작합니다.

아프카니스탄에서 전쟁이 일어났을 때였습니다.

"예수님이 잘못 생각하신 거 같아요."

"뭘요, 선생님?

가슴이 철렁했습니다.

"예수님께서 헛죽음을 택하신 거 같아, 사람이 변하지 않고 악해."

세상 한구석에서 전쟁이 일어날 때마다 선생님은 가슴을 뜯는 절망감을 느끼셨던 거죠? 요즘 우리 꼴이 그렇잖아요? 용산 참사, 개성공단 문제, 힘들게 개통한 남북철도 단절. 뿌연 흙먼지가 온 강산에 뿌려진 듯해요. 기대했던 통일이 자꾸 멀리 도망갑니다.

선생님, 걱정해 주시던 미리도 이제 고등학생이 되었어요. 건강하고 착한 소녀가 되었습니다. 선생님께 〈강아지똥〉 감상문 보냈던 그 아이, 그 마음으로 잘 컸습니다. 아직도 할머니랑 함께 살고 있어요. 기관에 두지 말고 집으로 데려다 기르라던 재호와 인성이는 늘 제 마음의 무거운 짐으로 남아 있습니다.

"아이구, 선생님도. 제 나이가 몇인데 데려다 길러요?"

"십 년만 길러주면 혼자도 살 수 있으니까, 열여덟 살까지만 데리고 있으면……."

선생님 말씀 듣고 남편과 상의했는데 남편이 힘들다고 하였어요. 그때는 차마 그 말씀 못 드렸지요. 선생님께서는 무슨 일이든 누구에게도 자기 생각을 강요하지 말라고 늘 말씀하셨지요. 도서관 문제도 그랬고. 제가 재호와 인성이를 마음에 품고만 있지 아무 도움도 주지를 못해요. 선생님 말씀이 백번 옳아요. 그 아이들을 보육원에 두는 한은.

5월이면 선생님 뵈러 찾아가곤 했는데, 전화를 드릴 때마다 어디냐고 물으셨어요.

"안동인데요"

"그럼, 할 수 없지."

저도 이제 선생님을 훤히 아니까 꾀를 부리는 아이가 되었습니다. 골목 끝자락 즈음 선생님 거하시는 집은 풀숲에 가려 빨강 지붕만 보였어요. 살금살금 가서 문을 두드리면 조심스럽게 문을 열고 얼굴을 내미셨어요. 한 번도 반가운 웃음 보인 적은 없어도 선생님은 마당에 내려와서 많은 이야기를 하시었어요. 이번에도 꼭 그렇게 나오실 거지요? 사람들이 마당에 자라던 풀들을 베어 버려서 걱정이에요. 선생님은 숨을 곳을 잃고 거기 계실 수가 없을 거 같아서요.

2009년 5월 11일

최해숙 드립니다.

(2009, 2주기)

권정생 선생님과 아버지를 생각하며, 엄마를 보며

최윤경

초등학교 3학년 때부터 나는 어른이 되면 작가가 되나 보다 생각했다. 글짓기 상이 거의 나한테로 왔고 때가 되면 여러 대회도 나가면서 그렇게 생각을 하게 된 것 같다. 그때 대학생이었을 큰오빠는 거짓말해서 상 받는다며 나를 약올렸다. 내 글을 읽고 그랬을 텐데, 오빠 말이 맞지 않았을까 싶다. 마음으로 썼다면 글이 조금이라도 생각이 날 텐데 도무지 깜깜하다. 뭘로 그렇게 '뻥'을 쳤을까. 난 국문학을 전공했는데 대학을 졸업하기까지 누구한테도 글을 어떻게 써야 한다는 말을 들어보지 못했다. 대학을 막 졸업해서 아르바이트로 초등학생들 글쓰기를 가르치게 되었는데 그때 내가 글쓰기에 대해 아무것도 아는 것이 없다는 사실을 알았다. 그래서 한겨레문화센터 강좌를 찾아 들었고, 그러다 권정생 선생님이 쓰신 책을 만났다. 맨 처음 읽은 책이《하느님의 눈물》이었는데 다 읽고 무척 화가 났다. 풀 하나도 생명이 있어서 못 먹는 돌이토끼한테 하느님은 저만 아는 답답한 소리만 하는 양반이니. 돌이토끼 보고 살라는 소린지 죽으라는 소린지 정말이지 내 숨이 턱턱 막혔다. 그런데 어찌하다 선생님이 쓰신 책을 보면서 글은 이렇게 쓰는구나, 선생님 말이 맞구나 하는 것들을 느꼈고 마음이 힘들 땐 절로 선생님이 쓴 책에 손이 갔고 거기에서 위로를 받았다.

선생님이 돌아가시기 몇 년 전부터다. 선생님을 뵙지 않으면 아무것도 못할 거 같았다. 글도 못 쓰고 살아가는 내내 내 생각도 붕 떠 있을 거 같았다. 선생님을 만나는 게 죄를 짓는 일인 줄 알면서도 죄를 짓고 싶었다. 그런데 마침 최해숙 선생님이 1년에 한 번 선생님한테 간다고 하셔서 무조건 달라붙었다. 그렇게 선생님을 뵈었다. 너무나 기운이 없었지만 선생님은 편하고 그냥 하는 말이 웃기는 분이었다. 낯도 가리신다는데, 전화도 못 받으실 만큼 아프셨던 것 같은데, 선생님은 우리를 보는 일이 많이 괴로우셨을까? 그래도 용서하셨을 것이다. 난 정말로 선생님을 내 안에 담고 싶었고, 뵈어야만 내가 제대로 살 수 있을 것 같은 절박함으로 그리했으니까.

그런데 그리 못하고 있다. 시골에 있으니 선생님이 당신의 동화 속에 담은 가난하고 힘없고 못난 사람들이 다 보인다. 날 새기가 무섭게 왼손 작대기 짚고 오른손 휜 허리 받치고 절뚝절뚝 걸어 밭으로, 먼 갯벌로 나가 일을 붙들어야 하는 할머니들, 늦도록 장가를 못 가다 필리핀인가 베트남에 몇천 만 원씩 들여 장가를 갔는데 사기 결혼이어서 지금은 혼자 남아 맨날 술 냄새 풀풀 풍기는 아저씨, 얼굴은 참 예쁜데 소아마비를 앓았는지 몸이 틀어지고 말도 어눌한 스물다섯 아가씨, 이제는 완전히 바보가 되어서 어린 꼬마들한테도 안녕하세요 인사하고, 만나는 남자들한테는 다 담배 달라 하고 새참 먹는 들녘 찾아다니며 빵이며 음료수 받아 구석에서 먹는 할아버지……. 난 이 사람들의 눈도 바로 보지 못한다. 난 이 사람들과 뭘 해보겠다는 생각은 아예 하지도 못한다. 철들어 도시에서 20년 넘게 문 꼭꼭 잠그고 살아서 그런가. 엄마 없이 혼자 있을 때 문을 잠그지 않으면 불안하다. 집에 책은 잔뜩 있는데 동네 꼬마들을 못 부르고 있다. 집주인 엄마가 허락을 안 한다. 교회도 좋은데 내가 교회를 나가지 않으니 공간을 쓰라고 할까 싶고 마을 회관 한 자리를 얻는 것도 괜찮은데 모르는 사람들을 만나서 얘기하는 일이 내 성격으로 얼른 안 된다. 덜 여문 난 맨날 생각만 하고 있다.

평생 혼자 외로우셨을 선생님을 보면서 마음뿐이지만 선생님 딸이 되어드리고 싶었다. 사실《개구리네 한솥밥》(백석 시, 유애로 그림, 보림, 2001)에 나오는 주인공 개구리처럼 살다 가신 내 아버지와 권정생 선생님 생각이 많이 닮았다는 생각을 했다. 선생님은 아파서 몸으로 힘껏 못 사셨지만 건강했다면 내 아버지처럼 사셨을 것 같고 내 아버지는 선생님이 쓰신 글대로 산 사람 같아서다.

벌써 1년이 다 되어 간다. 그런데 아직 나는 문득문득 아버지가 없다는 사실이 이상하다. 일흔여섯인데도 청년처럼 일하며 사는 일을 즐거워하던 아버지가, 엄마 말처럼 정말 가기가 싫었을 텐데 어디로 가신 것인지 알 수가 없다. 선생님이 그린 몽실은 절름발이로 고생하다 시집도 꼽추한테 가서 읽는 사람들을 속상하게 하는데 허우대 멀쩡하고 똑똑했던 내 아버지는 어릴 적 소아마비로 다리 한쪽이 가늘고 절뚝거리는, 일만 할 줄 알지 치우는 거 몸 가꾸는 거 음식하는 거 싫어하는 엄마와 결혼해 자식 잘 키우고 살림 키우며 엄마를 행복하게 해주었다. 아버지가 가신 지난해 봄까지, 아픈 엄마를 위해 엄마 말을 빌리자면 '더덕 같은 손으로' 1년여를 날마다 뜸을 떠 엄마를 살렸다. 그리고 엄마한테 평소보다 더 우스갯소리를 하며 장난을 치다 다 지은 농사 거두지도 않고 뭐가 바쁜지 간다는 말도 않고 그렇게 가셨다. 권정생 선생님은 '어머니 사시는 그 나라에는'을 생각하셨는데 난 '아버지 사시는 그 나라에는'을 자주 생각한다.

아버지 사시는 그 나라에는
누구랑 살아요.
엄마도 없고 오빠들도 없고 언니들도 없고 나도 없고 아버지 막내도 없는데
누구랑 살아요.
가끔 우리들 보러 와요?
엄마가 자다가 아버지가 옆에 있는 거 같아
어디 사냐고 악을 쓰니까
그냥 없어졌다면서요.
겨울이면 엄마가 담근 파래지에 밥 맛있게 먹고
이맘때면 바지락국 시원하다며 훌훌 마실 텐데.
아버지 사시는 그 나라에도
파래지 바지락국 있어요?
엄마 꿈에 아버지가 마늘을 160만 원에 팔았다면서요.

엄마가 느그 아부지 왜 마늘 돈 가지고 안 온다냐 하는데요.

요즘 난 엄마와 작은 전쟁을 치르며 살고 있다. 그냥 있으면 머리가 복잡하다며 아버지 있을 때보다 더 억척스럽게 일하는, 남들만큼 농사를 잘 지을 욕심에 가능하면 마늘밭 고추밭에 농약을 많이 치고 싶어 하는, 한창 때인 사람들 일하는 거에 당신이 못 따라가는 것을 불행해하는, 평생 일구어 논밭과 개펄을 맡을 자식이 있어야 하는데 여섯 놈 다 얼버무리기만 하지 속 시원하게 나서지 않아 걱정인 엄마를 보는 게 전쟁이다. 경운기로 다리 아픈 엄마 다리 되어 주고 호미 하나도 엄마한테 들게 하지 않았던 아버지가 없으니 얼마나 일이 힘에 부치고 사는 일이 허전할까 생각하면 엄마 원하는 대로 다 들어주고 싶은데 내 못된 속이 문제다.

이제 무엇을 하든 머리로 이리저리 재는 거 그만하고 몸으로 힘껏 살아야 할 텐데 어렵다. 글을 쓰자니 내 가난한 상상력과 삶을 깊이 통찰하지 못하는 내 좁은 울타리가 문제고, 농사를 짓는 것도 엄마가 시키는 일 할 뿐 내가 알아서 힘껏 할 수 있는 일이 아니니. 무엇으로 잘살까.

(2009, 2주기)

'똑똑한' 권정생 선생님께

오진원

선생님, 잘 지내고 계시죠?

선생님께 1년 만에 다시 편지를 쓰네요. 그렇다고 때가 되서 형식적으로 쓰는 편지는 아니랍니다. 알고 계시죠?

전 요즘 선생님이 쓰신 옛날이야기를 보며 선생님 생각을 아주 많이 하고 있어요. 선생님이 쓰신 작품을 읽다 보면 옛날이야기를 어떻게 새로 써야 하는지에 대한 해답을 찾을 수 있을 것 같아요. 이건 절대 아부가 아니에요. 진짜로 제가 옛날이야기를 공부하면서 느낀 거예요.

그 중에서도 지난해 나온《똑똑한 양반》을 벌써 몇 번이나 읽었는지 몰라요. '새끼 서 발'로 널리 알려진 이 이야기는 처음 만났을 때부터 제가 곱씹던 이야기예요. 새끼 서 발이 몇 번의 교환을 거쳐서 예쁜 색시가 되는 이야기는 매력이 넘쳤지만, 중간에 죽은 처녀가 산 색시로 바뀌는 장면은 자꾸 마음에 걸렸기 때문이에요. 이 고민을 어느 정도 풀 수 있었던 건 저희 아이 덕분이었어요. 아이는 여섯 살 무렵 이 이야기를 참 좋아했어요. 그런데 어느 날 아이가

"엄마, 식물이 죽으면 그 씨앗이 땅에 묻혀서 다시 살아나는 것처럼

죽은 처녀도 산 처녀가 된 거지?"

하고 말하는 거예요.

아이의 말을 듣는 순간, 저는 이 이야기에 대한 고민이 해결되는 것 같았어요.

게으름뱅이 총각이 가지고 있던 새끼 서 발. 바로 거기에 해답이 있었던 것 같아요. 새끼를 꼬는 재료는 바로 볏짚이지요. 죽은 처녀가 예쁜 처녀로 바뀌는 건 벼 이삭이 땅에 묻혀 새로운 알곡을 만들어 내는 것과 같다는 생각이 들어요. 물론 짚이라는 것 역시도 벼로서는 생명이 다한 거지만 새끼를 꼬는 재료인 짚은 새로운 생명을 찾은 거고요.

그리스 신화에서도 비슷한 이야기가 있어요. 페르세포네가 하데스에게 끌려갔다가 돌아오는 이야기에요. 하데스가 있는 곳은 저승이에요. 페르세포네는 죽었다 다시 살아난 거지요. 그리고 그건 바로 씨앗이 땅속에서 지상으로 움터 오르는 걸 뜻하지요.

그래서 저는 이 이야기에는 농사의 비밀이 숨어 있다고 생각했어요. 마지막에 총각이 비단장수에게 냈던 수수께끼인 '새끼 서 발, 항아리, 쌀 한 자루, 죽은 당나귀, 산 당나귀, 죽은 처녀, 예쁜 처녀가 과연 무엇일까?' 하는 것 역시 농사의 비밀에 대한 수수께끼라고 생각했고요. 그러니 농사일과는 상관없는 비단장수는 그 수수께끼의 비밀을 알아낼 수가 없었지요.

그런데 말이에요, 선생님이 쓰신 《똑똑한 양반》을 읽으며 조금 생각이 바뀌게 됐어요. 아니, 바뀌었다기보다는 좀 더 확장이 된 것 같아요. 먼저 저는 선생님이 이 이야기의 제목을《똑똑한 양반》이라고 한 까닭이 참 궁금했어요. 보통 '새끼 서 발'이라는 제목이 널리 알려졌는데 굳이 이 제목을 안 쓰고《똑똑한 양반》으로 쓰신 건 뭔가 중요한 까닭이 있을 것 같았어요. 물론 이야기가 옛이야기와는 조금 다르긴 하지만 말이에요. 이재복 선생님은 이 책의 해설에서 요즘 너무 바쁘게 살아가는 어린이들에게 옛이야기 속 게으름뱅이가 이렇게 이야기하는 게 아닐까 말씀하셨어요.

> "가만히 좀 있어 봐요. 나에게 생각할 시간을 주세요. 빈둥빈둥 노는 것 같아도 내 마음속에는 아주 많은 꾀가 들어 있어요. 날 무시하지 말아요. 느긋하게 생각하며 살 수 있게 너무 다그치지 말고 기다려 주세요."
>
> 《똑똑한 양반》, 한겨레아이들, 2009, 70쪽

하지만 제 생각은 좀 달라요. 이 게으름뱅이 총각이 가만 보면 참으로 똑똑해요. 게으름뱅이 총각이 처음 새끼 서 발을 꼰 건 자기 스스로의 의지가 아니었지요. 아버지가 볏짚을 가져다주고서 밤새 새끼를 꼬라고 시켜서 꼰 거지요. 하지만 총각은 새끼를 서 발만 꼬고는 자버려요. 결국 게으름뱅이 총각은 새끼 서 발만 가지고 집에서 쫓겨나고 말아요.

그런데 막상 집 밖에 나온 게으름뱅이 총각은 아주 똑똑해요. 모든 일을 주도적으로 이끌어나가요. 집에서는 게으름뱅이였던 총각이 사실은 이렇게 똑똑했다는 게 믿기지 않을 만큼요. 깨진 물동이를 버리러 가는 사람을 만나자 새끼 서 발과 바꾸자고 해서 바꾸고, 깨진 물동이는 감쪽같이 붙여 놓았다가 우물에 물을 길러 온 아가씨가 건드려 깨져 버리게 해요. 결국 아가씨는 자기가 갖고 있던 물동이를 대신 주죠. 물동이는 죽은 개와 바꾸고요, 죽은 개는 산 개와 바꿔요. 산 개는 죽은 말과 바꾸고, 죽은 말은 산 말로 바꾸죠. 산 말은 죽은 처자와 바꾸고, 죽은 처자는 처음 물동이를 바꾸었던 우물가의 그 아가씨로 바꾸어요. 이 모든 것이 우연히 되는 법이 없어요. 아버지는 아들이 게으름뱅이인 줄 알았지만 실은 얄미울 정도로 똑똑한 아들이었어요.

생명이 없던 짚은 새끼 서 발로 다시 태어났고, 깨진 물동이는 멀쩡한 물동이로 다시 태어나요. 마치 모든 것이 죽은 것에서 산 것으로 부활하는 느낌이 들어요. 집에서는 게으름뱅이 아들이었던 총각마저도 똑똑한 양반으로 다시 태어나지요. 농사일의 비밀이 숨겨 있는 이야기라고 생각했던 이 이야기가 죽음과 부활의 이야기로 읽혀요. 농사 역시도 물론 이 범주에 들어가고 말이에요.

선생님, 어떠세요? 제가 생각한 게 맞나요?

이렇게 이야기를 죽음과 삶에 대한 이야기로 읽고 나니 〈강아지똥〉도 생각이 났어요. 똥이 민들레로 다시 태어나는 것 역시도 죽음과 삶에 대한 이야기니까요. 또 《밥데기 죽데기》도 떠올랐지요. 밥데기 죽데기가 태어나기 위해서 꼭 거쳐야 했던 과정 가운데 하나가 바로 똥통에 담겨 있는 것이었잖아요 그러고 보니까 선생님은 아주 오래전부터 죽음과 삶의 비밀을 아주 잘 알고 계셨던 것 같아요. 그래서 전 게으름뱅이 총각이 똑똑한 양반이 아니라 실은 선생님이 진짜 똑똑한 양반이었다고 생각하게 됐답니다. 사실 이런 이야기, 선생님이 살아 계셨다면 하지 못했을지 몰라요. 제가 선생님을 알게 됐을 때부터 돌아가실 때까지 늘 선생님은 가까이하기 어려운 분이었어요. 아마도 선생님께서 삶과 죽음의 고비에서 계실 때가 많았기 때문이었던 것 같아요.

하지만 지금은 선생님이 너무 편해졌답니다. 살아생전 선생님의 굴레였던 힘든 현실들을 벗어나셨기 때문이 아닐까 싶어요. 즉 선생님께서 좀 더 자유로워지셨다고 생각을 하니 선생님을 대하기가 편해진 거예요. 마치《하느님이 우리 옆집에 살고 있네요》에 나오는 하느님 같은 느낌이랄까요? 이런 점에서 선생님도 돌아가시긴 했지만 동시에 예전보다 훨씬 친근한 모습으로 다시 태어나신 것 같아요.

선생님, 전 요즘 선생님이 쓰신 옛날이야기 문체에 대해 연구해 볼까 생각하고 있답니다. 내년에는 조금이나마 선생님 앞에 성과를 이야기해 드릴 수 있었으면 좋겠는데……. 선생님이 힘을 불어넣어 주세요.

그럼, 1년 뒤에 다시 소식 전하겠습니다.

2010년 5월 6일
오진원 드림
(2010, 3주기)

꽃과 무덤

김영미

저는 지금 대안학교에서 중고등학생들에게 책을 읽어 주는 일을 하고 있습니다. 책읽기 시간이 따로 있지요. 다 큰 아이들에게 책을 읽어 주는 일이 좀 어색하게 들리겠지만 책을 함께 읽는 순간을 아이들은 참 좋아합니다. 처음에는 대안학교라서 그래도 좀 여유롭게 책을 읽게 될 줄 알았는데 아무리 대안학교라도 학교라는 곳이 참으로 팍팍하게 돌아가는 곳이었습니다. 도리어 그 팍팍함 속에서 더 천천히 더 행복하게 책을 읽으려 안간힘을 쓰고 있지요. 날마다 그림책도 읽어 주고 동화책도 읽어 주고 있습니다. 그동안 나를 행복하게 했던 그림책이랑 한편 한편 고른 동화들. 내가 아이들을 만날 수 있는 단 한 가지 방법이지요. 저는 이렇게 책을 읽어 주며 처음 그 이야기들과 만났던 그 순간을 기억하며 행복한 순간의 기억을 다시 만들어 내고 있습니다.

지난 3월 학기 초에는 그림책을 먼저 읽어 주었습니다. 우선은 '내가 누구인지?' '나는 왜 여기에 왔는지?'를 생각하게 하는 그림책을 골라 보았습니다. 《지구별에 온 손님》(모디캐이 저스타인, 보물창고, 2005), 《100만 번 산 고양이》(사노 요코, 비룡소, 2002), 《세상에 태어난 아이》(사노 요코의 이 책은《태어난 아이》[거북이북스, 2016]로 다시 출판되었다), 그리고 지난달부터는 권정생 동화를 읽기 시작했습니다.

권정생 동화를 읽은 첫날에는 EBS 지식e 다큐 '정생'(권정생 선생님의 삶을 다룬 짧은 영상물)을 보았고《우리들의 하느님》첫 장에 나오는 〈유랑걸식 끝에 교회 문간방으로〉를 돌아가며 읽었습니다. 좀 어렵지 않을까 했는데 보고 읽는 내내 쥐죽은 듯 조용했다가 탄성이 나왔다가 그랬습니다. 영상물 마지막에 선생님의 유언이 흘러나옵니다.

"내가 죽으면 화장해서 내가 살던 언덕에 뿌리고 집도 깨끗이 태워 자연에게 돌려주세요."

당장 아이들이 묻습니다. "그래서 저 집 다 태웠어요?" "태웠는데 어떻게 갈 수 있어요?" 선생님의 동화를 읽고 5월에는 선생님이 사시던 빌뱅이 언덕 오두막으로 기행을 하자 했기 때문입니다. 집을 다 태웠는데 어떻게 집에 갈 수 있느냐는 것입니다.

나는 졸지에 선생님을 화장해서 뒷산 어머니 아버지 무덤가에 뿌린 이야기, 집은 그대로 남겨 두어야만 했던 그 어려웠던 유언 이야기를 해주었습니다. 지금 다시 생각해도 참 힘든 판단이었을 것입니다. 마땅히 선생님도 집도 다 태워 재를 뿌렸어야 했습니다. 자연으로 돌려보내 드려야 했는데 말입니다. 참 지키기 힘든 유언! 선생님은 늘 우리에게 어려운 숙제를 주십니다. 살아 계실 때도 돌아가시고 나서도 우리를 힘들게 합니다. 살아 계실 때 감히 따라할 수 없는 삶 그리고 돌아가셔서까지 지킬 수 없는 유언으로 말입니다. 태워 버렸어야 할 선생님의 집은 말 그대로 선생님의 무덤이 되었습니다.

며칠 전에는 아이들과 함께 사노 요코의 《100만 번 산 고양이》를 읽었습니다. 참 많이도 읽어 주었던 그림책입니다. 아이들에게도 어른들에게도 그리고 내가 나에게 읽어 주었던 책입니다. 이번에 《100만 번 산 고양이》 이야기를 다시 만났습니다. 처음 만난 듯이 이제까지 한 번도 읽어본 적 없는 듯 그렇게 이 책을 만났습니다.

100만 번이나 태어난 고양이, 100만 번이나 죽은 고양이, 그래서 100만 번이나 산 고양이. 100만 번 죽고 살았으나 한 번도 자기만의 고양이가 아니라 늘 누군가의 고양이여만 했던 고양이! 그리하여 한 번도 울지 않았고 한 번도 남도 자신도 사랑할 줄 몰랐던 고양이 이야기. 이 이야기를 아이들에게 읽어 주었습니다. 그런데 이번엔 다르게 읽었습니다.

고양이에게는 늘 주인이 있었습니다. 고양이가 죽자 주인들은 슬피 울며 고양이를 묻어 주었습니다. 100만 번이나 묻어 주었습니다. 그러자 가만히 듣고 있던 주하가 혼잣말처럼 이야기합니다. "그럼 무덤이 100만 개네요?"라고 말이지요. 그러고 보니 고양이의 무덤은 100만 개가 되겠습니다. 뱃사공이 만들어준 무덤, 도둑이 만들어 준 무덤…….

하지만 마지막에 고양이는 드디어 자기만의 고양이가 되었습니다. 자기만의 고양이가 되었다가 자기만의 삶을 살다가 늙어 죽게 되었습니다. 여기서 자기만의 삶이란 자신을 사랑하고 가족을 사랑하는 삶이었습니다. 고양이는 아내와 자식을 두고 행복하게 살다가 죽습니다. 그런데 고양이가 죽은 마지막 자리는 무덤이 아니라 한 송이 작은 꽃 고마리꽃이 피었습니다. 무덤 대신에 꽃이 피었습니다. 이제 고양이에게 무덤 따윈 필요 없습니다. 무덤 대신 꽃입니다.

생각해 보니 내 무덤은 내 것이 아니었습니다. 남겨진 자들의 것입니다. 선생님은 무덤을 원치 않으셨습니다. 다 태워 버리라 했습니다. 선생님은 다해서 살았기에 한 송이 꽃이면 족하셨을 것인데 우리들은 아쉬워서 오두막 한 채 남겨 두었습니다. 우리에겐 아직도 꽃 대신 무덤이 필요한가 봅니다. 필요해(?) 남아 있으니 말입니다. 선생님 동화 속 주인공 누구 하나 마땅한 무덤 하나 없는데 말입니다.

고양이는 백만 번의 삶과 죽음 끝에 드디어 한 송이 꽃으로 남았습니다. 선생님의 집은 아직도 남았습니다. 나는 이 봄에 꾸역꾸역 아이들과 함께 그 골목길을 오를 것입니다. 선생님의 삶(죽음)에 무엇이 아쉬운지 모르겠습니다.

(2010, 3주기)

좋은 죽음

윤경희

권정생 선생님은 전쟁을 겪었고 사랑하는 사람들의 죽음을 보았고 평생 병에 시달렸다. 선생님은 죽음과 함께 살아온 것이다. 어쩌면 삶보다 죽음에 대해 더 많이 생각했을지 모른다. 그리고 선생님은 이 죽음들을 동화에 담았다.

선생님의 자화상 같은 동화 〈강아지똥〉에는 선생님이 생각하는 슬픈 죽음과 선생님이 바라는 좋은 죽음이 있다.

> '강아지똥은 지렁이만도 못하고 똥강아지만도 못하고, 그런데도 보니까 봄이 돼서 보니까 강아지똥 속에서 민들레꽃이 피는구나.'
>
> 《어린이문학》, 1999. 2

하는 생각을 하면서 〈강아지똥〉을 썼다고 한다. 〈강아지똥〉은 처음에는 시로 썼다. 1966년 콩팥과 방광을 떼어 내는 수술을 받았고 그때 의사는 2년을 넘기지 못하고 죽을 것이라고 했다. 그 2년이 되었는데도 죽지 않고 살아 있는 자신을 보면서 죽음과 생명이 만나고, 절망과 희망이 만나고, 쓸모없는 것과 귀한 것이 만나는 이야기를 썼다.

아무짝에도 쓸모없는 강아지똥은 가슴에 별의 씨앗을 심고 난 후 별처럼 빛나는 민들레꽃을 피어나게 하려고 자신을 다 바친다. 강아지똥은 온 몸이 부서져도 행복했다. 강아지똥의 죽음은 아름다운 죽음이고 자연의 질서를 따르는 죽음이다.

하지만 선생님이 실제로 본 죽음들은 전쟁과 가난 때문에 자연의 시간을 다 채우지 못한 억울한 죽음들이다. 〈강아지똥〉을 읽으면서 이런 죽음 때문에 아파하는 선생님의 마음을 만날 수 있다.

따뜻한 양지에서 하느님이 시키신 일을 부지런히 하다가 실려 가던 달구지에서 떨어져 강아지똥 옆에 놓이게 된 흙덩이가 말한다.

> "(…) 어느 여름이야, 햇볕이 쨍쨍 쬐고 비는 오지 않고 해서 목이 무척 탔어. 그런데 내가 가꾸던 아기 고추나무가 견디다 못해 말라 죽고 말았단다. 그게 나쁘지 않고 뭐야. 왜 불쌍한 아기 고추나무를 살려 주지 못했는지 지금도 가슴이 아프고 괴롭단다."
>
> 〈강아지똥〉, 《똘배가 보고 온 달나라》, 창비, 1977, 35쪽

흙덩이는 자신에게 뿌리를 박고 의지하던 고추나무를 살리지 못해 괴로워한다. 흙덩이의 고백을 들으니 〈무명 저고리와 엄마〉, 〈초밭 할머니〉, 〈할매하고 손잡고〉에 나오는 세상에서 가장 슬픈 죽음들이 떠오른다. 부모가 보는 자식의 죽음만큼 슬픈 죽음이 또 있겠는가. 자식을 끝까지 키우지 못한 부모는 잘 살 수도 잘 죽을 수도 없다. 죽은 두 아들에게 죄 많은 에미가 된 초밭 할머니가 오죽하면 죽어서도 머리

를 숙이고 다니는 귀신이 되었을까.

모든 것은 죽는다. 그러니 죽어서 슬픈 것이 아니고 어떻게 죽었기 때문에 슬픈 것이다. 〈외딴집 감나무 작은 잎사귀〉라는 동화도 〈강아지똥〉과 비슷한 이야기다.

'오른쪽 배때기에 쐐기벌레가 갉아먹어 빠꼼빠꼼 구멍이 난 곰보딱지 잎사귀' 몸에는 아기굴뚝새의 똥까지 묻어 있다. 그러니 다른 잎사귀들은 곰보딱지 잎사귀 몸에서 구린내가 난다고 밀쳐내고 여럿에게 밀쳐진 곰보딱지 잎사귀는 텃밭 가장자리 구덩이 속에 혼자 누워 겨울을 지낸다. 하지만 곰보딱지 잎사귀는 추운 겨울이 지나면 다시 자기가 매달려 있던 감나무 가지의 그 자리에 다시 매달릴 수 있다는 꿈을 꾼다. 그런 곰보딱지 잎사귀에게 냉이가 말한다.

"네가 매달려 있던 자리엔 새로 태어나는 잎사귀가 매달릴 거야."

"임자가 난데 새로 누가 태어나니?"

"아이구, 밥통 같은 소리 하지 마. 이 세상에는 아무도 임자라는 건 없어."

"왜 없어. 왜 없어. 저 남쪽 두 번째 가지 끝 가지는 내 꺼야, 내 꺼야!"

"넌 꼭 어느 고집통 임금님 같은 소리를 하는구나."

"고집통 임금님이 어쨌는데?"

"'이 자리는 내 꺼야, 내 꺼야!' 하면서 임금자리를 천 년 만 년 자기 것으로 알고 버티고 앉았다가 어느 날 갑자기 죽어 버렸거든."

"……"

"그러니까 아무도, 정말 아무도 이 세상의 것은 주인이 없어."

"그럼 모두 누구 꺼야?"

"새로 태어나는 생명의 것, 자라나는 어린이들의 것."

〈외딴집 감나무 작은 잎사귀〉, 《새해 아기》, 단비, 2016, 34쪽

냉이의 말을 믿지 않던 곰보딱지 잎사귀는 자기가 매달려 있던 자리에 새 잎사귀가 돋아나는 것을 본다. 그리고 누군가 사랑에 찬 목소리로 속삭여준다.

"애야, 잠깐만 참아라. 곧장 따뜻하고 아름다운 감나무 가지 끝에 너를 매달아 줄게. 그 감나무는 영원히 영원히 네 것이야."

앞의 책, 37쪽

작은 잎사귀의 죽음은 새 잎사귀의 삶을 위한 것이다. 강아지똥과 작은 잎사귀의 죽음은 남의 것을 빼앗지 않고 나의 것을 주는 죽음이다. 다시 태어나는 삶을 위한 죽음이기 때문에 새 삶의 시작이다. 자연의 시간과 법칙에 우리 몸과 마음을 맡긴다면 이 세상이 영원히 우리 것이 된다. 그러니 죽는 것이 슬플 일도 아니니다.

선생님은 모든 생명에게 자연의 시간을 다한 죽음, 다음 생명을 위한 죽음이 주어지길 원했다. 선생님이 생각하는 좋은 죽음은 자연과 같은 삶을 살고 간 죽음이다.

선생님은 미야자와 겐지를 좋아했다. 37세에 죽은 그를 100세를 산 사람보다 더 많이 산 사람이라고 하였다. 선생님이 좋아해서 직접 우리말로 옮긴 미야자와 겐지의 시 〈비에 지지 않고〉를 읽으면서 잘 사는 것과 잘 죽는 것을 생각해 본다.

비에 지지 않고
바람에도 지지 않고
눈보라와 여름 더위에도 지지 않는
튼튼한 몸을 가지고
욕심도 없이
절대 화내지 말고
언제나 조용히 웃는 얼굴로
하루 현미 네 홉과
된장과 나물을 조금 먹고
모든 것을
자기 계산에 넣지 않고
잘 듣고 보고 알아서
그리고 잊어버리지 말고
들판 소나무 숲 속 그늘에
조그만 초가지붕 오두막에 살며
동쪽에 병든 어린이가 있으면
가서 간호해 주고

서쪽에 고달픈 어머니가 있으면
가서 그의 볏단을 져다 드리고
남쪽에 죽어 가는 사람 있으면
가서 무서워 말라고 위로하고
북쪽에 싸움과 소송이 있으면
쓸데없는 짓이니 그만두라고 하고
가뭄이 들면 눈물을 흘리고
추운 여름엔 허둥허둥 걸으며
모두한테서 멍텅구리라 들으며
칭찬도 듣지 말고
괴로움도 끼치지 않는
그런 사람이
나는 되고 싶다.

《빌뱅이 언덕》, 창비 2012, 74~76쪽

(2010, 3주기)

죽어서도 새끼들의 보금자리가 되어 준 엄마 까투리

최해숙

산에 불이 났습니다. 엄마 까투리는 뜨거운 불길에 놀라 푸드득 날아올랐습니다. 뜨거운 불길에 놀라 날아올랐다가 새끼들 때문에 되돌아오기를 반복합니다. 깍깍! 깍깍!

아홉 마리 새끼들을 그냥 두고 혼자서 달아날 수가 없는 엄마 까투리. 두 날개 안에 새끼들을 꼬옥 보듬어 안았습니다. 온 산을 다 태우고 불은 하루 만에 꺼졌습니다. 엄마 까투리도 새까맣게 타 버렸습니다. 솜털 하나 다치지 않은 아홉 마리 꿩 병아리들이 그 안에서 쏟아져 나왔습니다. 삐삐! 삐삐! 숯 덩어리인 채 타죽은 엄마 까투리는 제자리에 그대로 있고 새끼들은 먹을 것을 찾아 흩어졌다가 다시 엄마품으로 돌아옵니다. 이제는 깃털이 돋아나고 날개도 커다랗게 자랐습니다.

꿩 병아리들은 그래도 뿔뿔이 흩어져 모이를 주워 먹다가는 밤이면 앙상한 엄마 까투리 곁으로 모여들어 잠이 들었습니다. 엄마 냄새가 남아 있는 그곳에 함께 모여 보듬고 잠이 드는 것이었습니다. 그렇게 엄마 까투리는 온몸이 바스라져 주저앉을 때까지 새끼들을 지켜주고 있었습니다.

《엄마 까투리》, 낮은산, 2008

《엄마 까투리》 그림책을 《먹구렁이 기차》(우리교육)에 실린 〈강아지똥〉(이 책에 실린 〈강아지똥〉을 정본으로 삼았으면 좋겠다고 선생님은 서문에 써주셨습니다)과 〈먹구렁이 기차〉 두 편과 함께 읽었습니다.

봄이 한창인 어느 날, 민들레는 한 송이 아름다운 꽃을 피웠습니다. 샛노랗게 햇빛을 받고 별처럼 반짝이었습니다. 향긋한 내음이 바람을 타고 퍼져 나갔습니다.

방긋방긋 웃는 꽃송이엔 귀여운 강아지똥의 눈물겨운 사랑이 가득 어려 있었습니다.

〈강아지똥〉, 《먹구렁이 기차》, 우리교육, 1999, 70쪽

더럽다고 놀림이나 받는 하찮은 강아지똥을 '아니다. 이 세상에 쓸모없는 것은 없다'고 편을 들어주십니다. 존재의 가치를 생명의 귀중함을 아름답게 그려 주셨습니다. 다시 읽은 〈강아지똥〉은 기독교 정신의 근간을 이루고 있는 '죽어야 산다'는 자기부정의 극치를 보여 준 작품입니다. 죽음은 끝이 아니라 영원한 삶(부활)으로 건너가는 길목입니다. 그 어떤 작품보다도 선생님의 삶과 문학을 잘 들여다 볼 수 있었습니다.

기차가 되고 싶은 꿈을 가진 먹구렁이는 유대교 율법의 심판을 받습니다.

"하와를 속이고 독이 든 능금을 따먹게 한 악마야!"

군중은 먹구렁이를 돌로 쳐 죽입니다. 죄없이 피를 흘리고 죽은 먹구렁이를 선생님은 힘차게 달리는 기차로 살려내십니다. 강아지똥에서 민들레를 피워 내더니 먹구렁이에게는 들국화 한 송이를 친구로 주시었습니다. 화려하고 큰 것보다는 늘 작은 것에 마음을 두시는 선생님.

> "우리 둘이서, 저 멀리 세상을 한 바퀴 돌자꾸나. 내년 봄에 다시 돌아와 다른 애들도 함께 태우고 가자. 나는 온 세상을 찾아다니며, 막힌 곳을 틔워 놓겠어."
>
> 〈먹구렁이 기차〉, 《먹구렁이 기차》, 175쪽

아프가니스탄에서 전쟁이 일어났을 때, 선생님은 "예수님이 부질없는 죽음을 택한 것 같다"고 말하기도 했습니다. 그러나 선생님은 인간에 대한 소망을 포기할 수가 없으셨나 봅니다. 《엄마 까투리》를 쓰신 걸 보면. 2005년 3월 선생님은 "좋은 그림책이 되었으면 좋겠습니다." 라는 글귀와 함께 《엄마 까투리》 원고를 출판사에 보내셨습니다. 좋은 그림책이 되어 나온 《엄마 까투리》를 하늘에서 보시겠지요. 선생님이 그립습니다.

(2010, 3주기)

팔자 타령

김인숙

여기, 별나게도 권정생 선생님을 사랑하는 사람들이 있다. 똘배어린이문학회 사람들. 모임 이름조차 권정생 작품에서 따다 쓰고, 구석구석 나눈 방 명패에 권정생 방을 따로 두었다. 선생님의 발자취를 찾아 더듬고 기리며 어린이문학 공부의 출발점으로 삼았는데, 그게 벌써 몇 년째다.

그들이 올봄에 권정생 선생님 3주기 추모제를 연단다. 권정생 동화와 죽음이라는 주제를 잡고서. 영광스럽게도 그 자리에 초대를 받았다. 순전히 내가 서울로 이사한 때문이겠지만 그래도 불러 주니 참 고맙다. 다만 숙제가 문제다. 그 자리에 뭐라도 써 가지고 가야 한다는 것. 권정생 동화와 죽음이라는 주제로, 그냥 써 오란다. 권정생 동화에 이런저런 죽음이 많이 나오긴 한다. 삶의 이야기에서 죽음은 떼려야 뗄 수도 없으니 그럴 밖에. 그렇지만 나는 무심히 잊고 지낸다. 그러다가 가끔 부고를 받으면 그제야 한 번씩 죽음을 생각해 보는데, 글쎄다. 숙제가 없으면 좋으련만.

나이 마흔을 넘기자 봄가을이면 부쩍 부고가 많아졌다. 대개 추위, 더위 다 넘기고 그만 쇠하여 세상 떠난 어르신들이다. 이렇게 어느 순간 죽음을 맞닥뜨리면 떠나는 이나 떠나 보내는 이 모두 담담하게 이별을 받아들일 게다. 애끊는 슬픔이야 있겠지만 어쩌겠는가, 사는 게 그런 것인 걸.

정말 그렇다. 나면 반드시 죽는다. 살고 죽는 게 멀리 따로따로가 아니다. 저승길이 멀다지만 대문 밖이 바로 저승이란 말도 있지 않은가. 때때로 못내 한스런 죽음 앞에 망연자실할 때도 있지만, 시나브로 죽음은 세월에 묻히고 산 사람은 살아간다.

그렇다 쳐도, 올봄은 참 힘들다. 어처구니 없이 찬 바다에 묻힌 젊은 넋도 서럽고, 바람 앞에 촛불처럼 사위어 가는 우리 아버지 생각에 가슴 먹먹하다. 이렇게 구체적으로 다가오면 밀쳐 내고 싶은 게 죽음이던가. 유난한 날씨 탓에 신산함이 더하고, 오는지 가는지도 모르게 봄은 오고, 숙제를 내야 할 그날도 다가온다. 빈손으로 가면 안 되지.

부랴부랴 책장을 훑다가, 옳거니, 《한티재 하늘》이다. 1998년 11월에 나온 초판본 1, 2권. 그때, 숨가쁘게 읽었다. 흐르듯 이어지는 이야기 속에 고만고만한 사람들이 어찌나 많이 나오던지. 게다가 나오는 사람들마다 줄줄이 사연을 풀어 놓는 바람에, 가닥 잡아 읽느라 애 좀 썼더랬다. 자그만 골짜기에 죽음은 왜 또 그리 많던지……. 주루룩 책장을 넘기니 곳곳에 밑줄이 그어졌고, 가계도가 메모되어 있기도 하다. 미완의 작품이라 나중에 이어 읽으려면 정리가 필요했을 터. 그런데 끝내 그 두 권이 마지막이 되었다. 어쨌거나 그때, 책을 읽고 나서 한동안 힘들었던 기억. 십여 년이 지난 뒤, 나는 다시 책장을 펼쳐 든다. 첫 번째 밑줄은 '들머리에'에 그어졌다.

어머니는 많은 이야기를 들려주셨습니다. 등을 돌린 채 혼잣말처럼 조용조용, 산에 가면 산나물을 뜯으면서, 인동 꽃을 따면서, 밭에 가면 글조밭을 매면서, 집에서는 물레실을 자으면서, 바느질하면서, 서럽고 고달팠던 우리네 백성들의 이야기를 아름다운 사투리로 들려주셨습니다.

그 이야기를 여기 옮겨 적었습니다. (1권, 4쪽)

정말 그렇다. 어느 대목에선 구구절절 자세하게 묘사하기도 하지만, 몇 년 세월을 한 문장으로 훌쩍 뛰어넘기도 하면서, 주루룩 24장까지 이어진다.

삼밭골은 삼밭이 많아서 그런 이름이 붙었다지만 그것보다 삼베길쌈처럼 고달프게 살아가는 사람들이 모여 사는 곳이어서 그렇게 불렀는지도 모른다. 같은 안동 땅이면서도 남쪽 끝 가장자리에 붙은 녹두자갈밭과 황토흙의 비탈길이 뙈기뙈기 억지로 부둥켜안듯이 붙어 있다. 산이 그다지 가파르지 않으면서도 만만한 평지도 없다. 사구지미에서 시작되는 실개천은 겨우겨우 다락논을 적셔 주어 그나마 명일 때나 차례상과 조상 제사상에 쌀밥 한 그릇은 떠놓을 수 있을 정도다. (1권, 6쪽)

이런 골짜기에 분들네를 비롯하여, 그와 처지가 별반 다르지 않은 사람들이 살아간다. 그들은 한 고향에서 대소가를 이루어 살 수 있는 기반이 없어 도리원이나 다인지방으로 뿔뿔이 제 갈 길을 찾아 흩어져 살기도 하고(1권 24쪽), 몸값을 치를 돈이 없어 남의 집 종으로 묶여 살기도 한다. 이렇게 살 수밖에 없는 이유 가운데 하나가 어찌어찌한 죽음이다. 그리고 죽음은 살아남은 자들에게 오히려 더 큰 영향을 끼친다. 죽음 뒤로 남겨진 사람들은 뒤틀린 현실에 버겁게 살아갈 수밖에 없는데, 분들네 사연도 그렇다.

> 분들네가 막내동생 기태하고 단 둘만 살아남은 건 열한 살 때였다. 기태는 겨우 첫돌을 넘긴 두 살배기였고 어매 아배와 가운데 동생 둘이 호열자로 한꺼번에 죽었다. 옥산골 고향집을 떠나 기태를 데리고 탑리 최부자네 정지중니미로 육년을 살다가 깨금이 아배를 만나 혼인을 했다. 지금 열다섯이 된 기태는 근처 먹뱅이에서 꼴머슴으로 남의집살이를 하고 있다. (1권, 23쪽)

기태가 색시로 사온 실경이도 분들네와 비슷한 처지다. 실경이는 어려서 부모를 잃고 어린 동생 주남이와 남의집살이를 한다. 열아홉 되던 해에 기태가 몸값을 치르고 결혼하며 종의 신세를 벗어나지만, 기태가 나무 짐에 깔려 죽어 가자 쌀 한 말 받고 큰딸 후분이를 참봉집에 팔고 만다. 어매 아배를 잃고 주막에 들어와 살던 순지는 배서방을 만나 아이를 갖는다. 하지만 배서방의 마음은 죽은 깨금이에게 가 있을 뿐이다. 순지는 깨금이 어미인 분들네를 찾아가 아이를 낳고 살지만 배서방이 아이를 데려가자 결국 스스로 목숨줄을 놓는다. 또 달옥이 어매는 종의 신세에서 벗어날 길 없는 딸을 위해 스스로 얼음 구멍을 뚫고 들어가는 길을 택한다. 덕분에 종 신세에서 벗어난 달옥이는 평생을 두고 어매한테 빚진 것을 가슴에 묻고 산다.

이뿐이랴, 곳곳에 죽음의 덫은 널려 있다. 숨어서 동학을 믿어 온 문 노인과 길수는 난리통에 죽고, 스무 살 청상에 과부가 된 복남이는 남편의 의로운 죽음 앞에 소리 내어 울지도 못한다. 이렇게 어수선한 난리 통에 수많은 사람이 죽고.

> '사램이 살고 못사는 건 하늘이 정해 준 팔자라는데 난리를 친다꼬 시상이 숩게 뒤집어지나. 우리 긑은 힘없는 백성 단지 남의 집 논밭이라도 많이 얻어 알뜰살뜰 일해서 처자식 굶기지 않고 등따십게 살아갈 수만 있다면 되는 게지 뭐. 청상과부 팔자 곤치는 것도 심드는데 무슨 심으로 감히 반란을 일구노.' (1권, 13쪽)

뒤숭숭한 세상을 보는 분들네와 남편 조석의 생각이다. 이런 생각은 기태도 마찬가지다. 세상 돌아가는 일에 이러니저러니 떠드는 데 귀기울일 새도 없다. 목구멍이 포도청이라고, 기태는 자식새끼 굶기지 않는 것만이 제일 중요하다. 하지만 병으로 쓰러진 조석도, 나무짐에 깔린 기태도 끝내 죽는다.

어쩌면, '그냥그냥 보면 모두가 그렇게 살뜰하고 정깊은 사람들인데 어쩌다가 굽이굽이 설움도 많고 한도 많게 살아야 하는 건지'(1권, 272쪽) 한탄한다. 그렇지만 삶과 죽음이 엉켜 그들의 삶을 잡아끄는 데

속수무책이다. 그래서일까,

온 삼밭골이 울었다.
(중략) 마실 어마이들이 내다보고 혀를 차며 눈물을 훔치고 있었다. "애고, 불쌍키도 하제. 에미 죽은 건만도 섧은데 민미느리로 어린 것이 가다이……." (1권, 58쪽)

귀돌이가 열한 살 나이로 민며느리 가는 길을 보고 동네 사람들이 보인 반응이다. 같이 놀던 귀돌이가 민며느리로 떠나자, 울타리 밑에 쪼그려 앉아 울던 이순은 천연스럽게 이런 생각을 한다.

삼년 전에 죽은 아배는 얼떨결에 당한 일어서 슬픔이란 건 그다지 몰랐는데 귀돌이 떠나보낸 게 이다지도 서러운지 몰랐다. (1권, 59쪽)

살아 하는 생이별에 더 애달파하는 모습이다. 죽음도 삶도 어쩌지 못하는, 숨 막히는 현실. 《한티재 하늘》은 1895년 동짓달부터 1937년 가을까지, 이렇게 삶과 죽음이 버무려진 채 이어진다. 밑줄을 따라 다시 봐도 참으로 버거운 세월이다.

그런데 죽음에 대한 묘사는 위에서 잠깐 보듯 그저 흐르듯 스치듯 지나간다. 어쩌다 죽었고 어떻게 장사 지냈다 그게 끝이다. 첫 장에 나오는, 분들네가 목격하는 빤란구이 두 명의 죽음과 마지막 장에 나오는, 참봉댁 아들과 참봉댁 마님 줄초상을 세세하게 그려 준 정도가 예외다. 그 죽음을 딛고 살아가야 하는 사람들의 마음을 다루는 데도 마찬가지다. 분옥이를 잃고 울부짖는 동준이를 묘사하는 데만 잠깐 머뭇거렸을까. 하지만 대체로 이야기는 그저 쑥쑥 나아간다.

그렇게 슬픈 일을 치르고 있는 사이 조석은 여전히 일을 했다. 나락논에 가서 물꼬를 보고, 조밭에 가서 성근 자리에다 모종을 심고, 꼴을 베고 소를 먹이고 짚신을 삼았다.
(중략) 앞으로 겪어야 할 숱한 고통을 한쪽에서 버팅겨 준 것은 이렇게 (중략) 말없이 일을 해나간 덕분인지 모른다. (1권, 157쪽)

죽음 앞에 길게 머무는 것은 고통일 뿐이다. 한티재 사람들은 가슴을 쥐어뜯으며 죽음을 곱씹지 않았다. 되는 대로 살아가는 데 이력이 난 사람들이다.

이렇게 삼밭골 사람들은 바람에 날려가듯이, 물결에 흘러가듯이, 그러면서도 작은 틈바구니를 비집고 올라오는 씀바귀 풀처럼 살았다 밟히면 뭉드러지고 쥐어뜯기면 뜯긴 채로 다시 촉을 티우고 꽃피고 씨앗을 맺어 훨훨 바람에 날려 보내는 씀바귀 씨같이 자손을 퍼뜨렸다. (2권 160쪽)

천지가 뒤흔들리고 난리가 나도 세상에는 아기가 끊임없이 태어났다. (중략)

그 아기들은 자라서 어매가 되고 아배가 되고 할매, 할배가 되었다. (1권, 57쪽)

모진 시련 앞에 '굳세어라 금순아'처럼 살아가는 모습이다. 삶과 죽음이 뒤섞인 세상살이에서 별다를 게 없다는 듯 이어지는 일상이다. 시련에 대한 순응이 달관으로? 그래도 끊이지 않는 생명으로 그 너머 희망을 이야기한다지만, 나는 답답하다, 체념처럼. 왜 이렇게 살지.

세 형제는 그래도 불평 한 마디 없었다. 오히려 분수대로 사는 것이 잘 길들여진 조상 대대로의 내림인지도 모른다. (1권, 23~24쪽)

'그기 막카 지주금 팔잔데 어얄 수 없제.' (2권, 186쪽)

"사람 팔자 아무도 이무대로 안 되는 것 아시잖니껴? 이석이 저리 된 것도 어짤 수 없는 팔자라서 그런 것인데, 인제 섭섭은 맘 거두시소." (1권, 217쪽)

삼밭골 사람들, 조선 사람 모두가 이 팔자라는 말이 더러는 살아가는데 약도 되고 병도 되었다. (2권, 186쪽)

눈에 띄는 대로 모아 봤는데, 모두 팔자라는 이야기다. 다른 상황에서 다른 사람 입으로 하는 말이지만 같은 말이다. 이들은 모두 시련 앞에서 주춤거리지만 그대로 받아들일 수밖에 없다고 말한다. 팔자는 불가항력, 죽고 사는 것도 가리지 않는 것이다. 그러니까 순순히 받아들여라?

이쯤 오니, 들머리 말씀에 마음 쓰인다. 어머니가 들려주신 이야기라고, 서럽고 고달팠던 우리네 백성들 이야기라던 말씀. 그 목소리가 내게도 들리는 듯하다. 오늘은 이 얘기 내일은 저 얘기로 한 자리씩 풀다가 가슴 폭폭한 사연일 때면 아마 이렇게 말씀하시지 않았을까 '다 지 팔잔걸.' 어라, 많이 듣던 타령 아닌가. 혀를 차며 하는 이야기 끝에 '그것도 다 지 팔잔데 뭐 어쩌겠어.' 이런 말은 우리 할머니도 했고, 어머니도 했고, 이렇게 팔자 운운하는 이야기에 콧방귀 뀌던 나도 가끔 뱉었다. 참 흔한 말이다. 그럼 뭐야……. 이야기가 꼬인다.

다시 한티재 마을로 돌아간다. 한티재 하늘 아래는 배 하나 채우기 힘든 세상이었다. 몸도 마음도 고된 세상이었다. 그런 세상에서 살자니 몸부림칠 수밖에 없었겠지. 주린 배를 채우기 위해, 기막힌 현실을 잊기 위해서는 무슨 일이든 미친 듯이 해야 했을 테니까.

> 사람은 무엇으로 사는가고 물으면 조선 백성들은 거지반 '악으로 산다'고 대답할 것이다. 왜 악으로 사는지 그들이 결코 악해서 그런 건 절대 아니다. (1권, 7쪽)

그렇다면 분들네다. 아들을 바랐는데 딸이 태어나자 분하고 억울하다고 분들네다. 곱지 않은 이름만 던져 주고 부모가 떠났어도 분들네는 자라 어른이 된다. 그런데 분들네는 심성마저 곱지 않게 자랐다.

워낙 고되고 외롭게 살아온 탓으로 쌓여온 한이 덩어리져 그것이 심통으로 바뀌어 몹시 사나와지고 종살이를 하다 보니 일이 고달파서 자꾸 게을러지는 게 탈이었다. (1권, 23쪽)

그래서 분들네는 가장 현실성 있는 인물로 살아 움직인다. 술장사하는 집 딸 이순이 며느리로 왔을 때 맘껏 마땅찮아하고, 죽은 큰딸 대신이라며 찾아온 순지가 지극정성 조석을 따르자 여자로서 질투하기도 한다. 이녁 딸 강생이가 딴 사내 새끼를 밴 것은 애달픈 일이지만 며느리년 이순이 먹고 살려 한 짓은 화냥질 짓이라 못 볼 꼴이 된다. 이야기가 바람병(문둥병)이 든 아들 재득이에 이르면 더한다. 분들네는 아무도 없는 산속에 들어가 병수발을 들지만 재득은 차도가 없다.

"어매, 이자 그만 하고 내비둬라. 나도 고마 살고 섶지 않다." (중략)

"뭔 소리를 그리 하노? 에미 생각 쪼맨치라도 한다면 그른 말 어디라꼬 함부로 한다드노?"

"언진가는 이르다가 죽을 낀데 진작 죽는 기 낫제. 헛고상하맨서 더 살아 뭐 한다노?"

"이눔아야, 그래 죽어라! 죽어! 니도 죽고 나도 같이 죽자! 죽어……." (2권, 176쪽)

'니 죽고 나 죽자고 장판거리를 한 분들네는 그렇게 한바탕 한풀이만 하고'(2권 177쪽) 나서 큰일을 꾸민다. 살뜰하던 남편 조석의 무덤을 이장한답시고 파낸 뒤 인골을 재득에게 먹이려는 일이다. 이 상황을 꼬치꼬치 상세하게 보여 주는데, 이렇다.

"애비가 자슥 병 곤치는 게 뭐이 나쁜공. 그양 두마 다 썩어 흙이 됐빌걸, 골수배기 쪼매 긁어낸다꼬 섭섭해 할 일 없겠제…… 그릏제요, 재득이 아배요? …… 이녁도 내 애간장 타는 것 다 알고 있는 걸 알게시더……. 그르이 날 지독한 년이라 나무래지 말고 지발지발 이것 먹고 우리 재득이 빙든 몸 말짱 낫게 해주이소……."

분들네는 이젠 가슴도 두근거리지 않았다. 예사 있는 일인 것처럼 아무렇지 않게 죽은 남편의 머리를 헤집어 누룽지를 긁어담듯이 골수를 긁어담았다. 조석의 머리상투가 헝크러져 걸리적거렸지만 아예 죽은 닭 털 뽑듯이 잡아 뒤로 제쳐놓았다. 죽은 조석의 머리통은 그렇게 분들네 마음대로 잡아 뽑으면 뽑는 대로 칼로 쪼개면 쪼개는 대로 내맡겨 두고 있었다. (2권, 180~181쪽)

자식의 죽음을 막아 보려는 몸짓이 적나라하다. 하지만 아들은 낫지 않고, 분들네는 다랑이 보리밭에 김을 매면서 자꾸 헛곳을 긁어대며 말한다.

"천병이라 카는 건 어짤 수 없는갑제. 무단히 죽은 저거 아배한테

몹쓸 짓만 했구만…….” (2권 182쪽)

낙담과 슬픔이 어느만큼 가시자 분들네는 밭을 매고 나물을 뜯고 목이 마르면 물을 마시고 산다. 그런데 분들네 다시 일어서게 한 힘이 남을 헐뜯고 욕을 해대며 얻는 것이란다. 그러고서 슬쩍, ‘무슨 얄궂은 사람 마음일까’(2권 183쪽) 묻는다. 참으로 얄궂다. 어쩌자고 여기까지 데려왔단 말인가.

지지부진 이야기만 길다. 분들네 이야기는 그만 접고, 권정생 동화에 나오는, 보통 사람들 같지 않는 보통사람들이 사는 곳, 《몽실언니》 속으로 들어가 본다. 바로 어린 몽실이 야학에 글을 배우러 갔다가 최 선생의 말을 듣고 ‘인생이라는 것’에 대해 생각해 보는 장면이다.

“어머니, 인생이란 게 뭐여요?”

몽실이 잠자리에 들기 전에 북촌댁을 보고 물었다.

“사람이 태어나서 살아가는 걸 인생이라 하나 보더라.”

“팔자하고 비슷하군요.”

“비슷하기도 하지.”

“팔자도 먼저 알고 걸어갈 수 있어요?”

“다 알 수는 없지만 짐작은 할 수 있지.”

몽실은 고개를 갸우뚱했다.

“아니어요. 팔자는 어떻게 되는지 아무도 몰라요. 내게 엄마가 둘이 될 줄은 꿈에도 몰랐어요.”

"………"

"어머니, 나는 앞으로 어떻게 되는 거여요?"

"그건 네가 괴롭더라도 참고 열심히 살면 알게 될 게다. 어떻게 사는가는 스스로 결정해야 하는 거야."

《몽실언니》, 창비, 1984, 77~78쪽

몽실이는 그 뒤로 곰곰이 생각하는 아이가 되어 간다. 그래, 곰곰이 생각해 볼 일이다. 인생이라는 것에는 삶도 있고 죽음도 있지. 무엇을 보고 또 어떻게 사느냐 뱅뱅 서성이다가, 새삼 우리 아버지 생각에 머문다. 여든 평생 뒤로 두고, 이제는 바람 앞에 촛불 같은 목숨으로 아버지는 노인병원에 계신다. 지난 주 일요일 아버지를 뵈러 가던 길, 산에 들에 웬 꽃이 그리 곱던지. 말도 안 되는 날씨에도 이렇게 신록은 살아나는데, 우리 아버지 인생은 지고 있다. 서글프고 덧없어라. 하지만 어쩌랴, 이것이 인생인 것을. 세상 모든 목숨은 때가 되면 나고 때가 되면 죽는다. 거스를 수 없는 자연의 이치고, 이게…… 팔자가 아닐는지. 아니, 팔자가 됐든 뭐가 됐든 어쨌거나 누구나 어떻게 살 것인가 스스로 결정해야 하는데, 그게 녹록지 않으니 문제다. 그건 그렇고, 밑줄 따라 앞뒤로 뒤적이다가 고만《한티재 하늘》두 권을 낱낱이 읽어 버렸네. 그런데, 지금 나는 무슨 말을 하고 있는공? 모르겠다. 에고 참, 내 팔자다…….

(2010, 3주기)

나는 어떤 할머니가 될까

이성실

며칠 전 텔레비전에 쉰 살에 아이를 낳은 여성이 나왔습니다. 할머니가 될 나이인데 아이를 낳았다고 이야깃거리가 된 것입니다. 문득 나이 오십이면 할머니구나 생각했습니다. 방금 전까지만 해도 아가씨냐 아줌마냐 가지고 정체성을 따지다가 갑자기 '나도 이제 할머니가 되어 가는구나' 깨닫는 순간이었습니다. (만 나이, 애문 나이로 치면 40대지만 그냥으로는 올해 50세가 되었습니다.) 나는 어떤 할머니가 될지 모르겠습니다.

우리 할머니는 3년 전 백한 살에 돌아가셨습니다. 봄꽃이 환하게 피던 날 태어나 꼭 100년을 사신 뒤 다시 봄꽃이 피어 세상이 환하기 그지없을 때 돌아가신 할머니. 봄꽃이 필 때마다 나는 할머니 생각이 납니다. 100년 동안 건강하게 사신 할머니를 두고 사람들은 신선처럼 살다 가셨다고 합니다. 하지만 속 모르는 소리지 싶습니다.

살아 계실 때 두 아들이 죽었고 할아버지는 그보다 훨씬 먼저, 할머니가 47세였을 때 돌아가셨으니 슬픔이 컸을 텐데 할머니는 내색하지 않고 사셨습니다. 돌이켜 생각해 보면 우울증에 걸리거나 사시는 내내 끌탕하며 곁의 자손들을 어렵게 했을 수도 있는 상황인데 먼저 죽은 남편과 자식들에 대해 절대로 한 마디도 안 하신 게 신기하기까지 합니다. 가끔 잡초처럼 생명력이 강하다고 느낀 적도 있지만 할머니의 무심함 덕분에 자손들은 밝고 평안했던 것 같습니다. 대신에 담배를 피우셨던 게 마음에 걸립니다. 백한 살을 사시면서 오래도록 자손들을 지켜보았는데도 내가 마지막 본 할머니는 '언제 또 볼 수 있을까' 하는, 부평 집에 다녀가는 손녀를 아쉬움 가득한 얼굴로 올려다보던 애틋한 모습이었습니다.

올해는 내가 쉰이 되면서 문득 '우리 할머니는 할머니로 50년을 사셨네.' 깨닫습니다. 나도 이제 할머니가 손자 손녀를 얻어 할머니가 되었을 때의 나이인데……. 어쩌면 나도 50년을 할머니로 살지 모릅니다. (우리 할머니처럼 백 살을 산다면 말이죠.) 나는 어떤 할머니가 될지 궁금합니다.

권정생 선생님이 쓰신 작품들에는 '할머니들'이 많이 나옵니다. 하하……. 역시 선생님도 할아버지라서 할머니들에 관심이 많으셨던 걸까요? 어쩌면 우리 역사 속에서 가장 어렵고 슬프게 살아 온 존재라 눈길이 가셨는지도 모르지요. 《밥데기 죽데기》에서는 솔뫼골 늑대 할머니가 주인공입니다. 50년 전 사냥꾼의 총에 남편과 자식을 잃고 복수를 하기 위해 50년 동안 할머니로 살아온 늑대입니다. 50년 동안 인간 할머니로 살아서일까요? 늑대의 개성은 사라지고 그냥 시골 할머니의 품성을 지녔습니다. 돈을 아까워하며 존존히 쓰는 모습, 생명 가진 것이나 곡식, 똥을 함부로 대하지 않는 것이 할머니의 좋은 점입니다. 오래 산 덕분에 지혜도 쌓여서 산삼 있는 곳도 알고 도술을 부리듯이 계란으로 밥데기와 죽데기를 태어나게도 합니다. 왁왁 거리듯이 말하는 것이나 작은 체구, 어린아이같이 까불거리는 품새도 재미있습니다.

《밥데기 죽데기》를 처음 읽은 게 2000년인데 이제 12년이나 지나 다시 읽으니 또 새롭습니다. 권정생 선생님은 사람들이 무척 불쌍했나 봅니다. 홀로되어 50년을 할머니로 사는 여인네도 불쌍하고 원자폭탄의 빛을 쏘인 뒤 어둠에 갇혀 사는 벽장 속의 인숙이도 불쌍하고 일본 제국주의에 시달리다 전쟁으로 가족을 잃은 사마귀할아버지도 불쌍하고 어린 나이에 정신대에 끌려가 모진 일을 당하고 온 삼층 병실할머니도 불쌍하고 온통 불쌍한 사람들이 눈에 밟혀 괴로우셨나 봅니다. 이제 다시 읽어 보니 권정생 선생님은《밥데기 죽데기》를 통해서도 제국주의와 자본주의로 병든 역사와 그로 인해 상처받은 사람들 이야기를 하셨습니다. 아픈 사람들 속에 계신 하느님 이야기도 하셨고요. 그리고 소원인 세계평화와 남북통일이 이루어지는 상황을 환타지로 엮어 내신 듯합니다. 사람들이 얼마나 불쌍했으면 바람이 얼마나 컸으면 이런 동화를 쓰셨나 싶습니다.

'사람이 사람다워지는 것, 똥이 똥다워지는 것이 얼마나 소중한가 하는 것을 잊어버려서는 안 된다'고 하시고 '우리는 지금 모두가 있어야 할 곳, 찾아야 할 곳, 돌아가야 할 곳이 어딘지 잊은 채 허둥거리고 있다'면서 '우리가 있어야 할 자리가 어딘지 각자의 자리만 찾아 살아가면 사람도 짐승도 산도 들도 강물도, 세상 모두가 평화롭고 깨끗해질 것입니다'고 선생님은 노파심에서인지 머리말에 벌써 결론을 말해 줍니다. 강이 파헤쳐지고 원자력 발전소가 터지는 오늘을 보셨으면 더욱 마음 아파하셨겠지 싶습니다.

이야기 첫머리에 나오는 '솔뫼골 늑대 할머니'에 대한 간단한 설명이 참 마음에 듭니다. '솔뫼골 마을에서도 십리가 훨씬 넘는 골짜기에서 할머니는 외롭지도 무섭지도 않은지. 용감한 할머니지요.' 하는 설명입니다. 권정생 선생님이 할머니들에 대해 좀더 깊이 알았다면 '무섭지도 않은지'라고 쓰지 않고 '무섭지도 않았다'고 결론지어 쓰셨을 듯합니다. (하긴 늑대가 산속에 사는데 외롭고 무서울 게 뭐 있겠나 싶습니다.) 할머니들은 차츰 여성 호르몬이 사라지고 씩씩한 호르몬이 더 많아진다는 것을 아마도 모르셨나봅니다. 문득 옛이야기에 나오는 산속 할머니들이 생각납니다. 옛이야기의 주인공이 이런저런 시련 끝에 산속을 헤매다 만나는 할머니들은 호랑이를 아들로 두고 살거나 죽은 사람도 살리는 약물을 내주는 산신 같은 존재들입니다. 우리네 잠재의식 속의 할머니 이미지는 이미 세상을 웬만큼 초월하여 남녀의 구분도 생사의 구분도 벗어난 존재인데다 오랜 삶의 경험으로 신통한 힘도 지닌 게 특징인 듯합니다. 50년이나 복수할 생각으로 살아온 할머니가 이런저런 불쌍한 존재들에 눈이 트이고 마음이 열려 세계평화와 통일까지 이룬다는 이야기가 어찌 보면 허황되지 않은 게 우리 옛이야기 속 할머니들이 얼추 그런 존재이기 때문 아닌가 싶습니다.

아! 나는 어떤 할머니가 될지 여직 궁금합니다. 외롭지도 무섭지도 않은 할머니, 이웃에 대해 불쌍해하는 마음을 지닌 할머니, 평화에 기여하는 할머니 등등 되고 싶은 할머니는 많습니다. 용감하고 멋진 할머니가 되려면 우선은 50대를 참하게 잘 살아 내야겠지요. 60세가 될 때까지 할머니가 되는 것을 일단 미루고 말입니다.

(2011, 4주기)

공 아저씨

김영미

난 사무실에서 조금 구박덩이다. 내 생각이겠다. 난 결혼도 하지 않았고 책 읽는 일을 해왔으니 나름대로 젊은 감각을 유지하면서 살아왔다고 자부했는데……. 유난히 기계에 약한 것, 약한데도 해보려 하지 않는 것, 그러면서 자리 차지하고 있는 것, 그래도 이제까지는 용케도 다 이해받고 하기 싫은 일은 안 하면서 피하고 살았는데 마침내 '딱' 걸린 것이다.

복사기는 왜 그리 내가 쓸 때만 고장이 잘 나고, 누가 도와주지 않으면 전자 칠판은 엄두도 내지 못한다. 여기에 컴퓨터로 마인드맵 강의안을 만들어야 하는 것 등등. 어디 한둘일까. 옆 자리에 앉은 젊은 선생이 고생이 많다. 이런 지식에 능숙하지 못해 난 세상이 아니 세월이 원망스럽기만 하다.

〈공 아저씨〉를 읽기로 했다. 일본 원전 사고 이후 그 충격을 풀 길이 없어 수업 시간에 아이들과 함께 《바람이 불 때에》(레이먼드 브릭스, 시공주니어, 1995)를 읽었다. 《바람이 불 때에》를 읽고 《핵 전쟁 뒤 최후의 아이들》(구드룬 파운제방, 보물창고, 1997), 이어서 《히로시마》(나스 마사모토 글, 니시무라시게오 그림, 사계절, 2015)를 읽었다. 《히로시마》를 읽으면서 그날 그 열바람이 불던 날 하늘로 오르던 영혼들 생각에 막막했다. '리틀 보이'라는 원자 폭탄 하나로 희생된 70만, 그 가운데 십 분의 일이 조선인이었고 그 가운데 4만 명이 죽었다. 어쩌면 그 중에 한 명이었을 공 아저씨 생각이 난 것이다. (물론 공 아저씨는 그때 도쿄 시부야에서 살았지만)

경상도 산골에서 농사를 짓던 공 아저씨는 자식들과 먹고 살기 위해 일본에서 청소부 일을 하고 있다. 청소부 일을 하며 고물도 따로 팔아 차곡차곡 돈을 모을 만큼 아저씨는 성실하다. 하루빨리 돈을 모아 고향 가족 곁으로 돌아갈 날만을 기다리고 있는데 그게 어디 쉬운 일인가! 그런 공 아저씨 앞에 시험이 닥친다.

청소부 일을 같이 하던 집 주인이 순금을 줍게 되고 주인 대신 순금을 팔아주자 순금 판 돈의 반을 받게 된다. 그리고 공 아저씨가 총각인 줄 알았던 주인 집 부부가 자기 딸과의 결혼을 부탁한다. 그리고 공 아저씨의 선택!

'공짜로 얻는 건 도둑이나 거지가 하는 짓이니까, 난 절대 그런 짓을 않을 테다.'

〈공아저씨〉, 《사과나무밭 달님》, 창비, 1978, 58쪽

"기무라상, 저에겐…… 저에겐, 고국에 사랑하는 처자식이 있답니다. 고향에서 내가 돌아오기를 기다리며 농사를 짓고 있는 아내가 있단 말입니다."

말을 하는 공 아저씨는 어느새 자신도 모르게 기무라씨 부부를 노려보고 있었습니다. 두 손이 떨리고 몸뚱이 전체가 떨리기 시작했습니다. 그는 그 이상 버티고 앉아 있을 수 없었습니다. 벌떡 일어나기가 바쁘게 기무라씨 댁을 나왔습니다.

앞의 책, 63쪽

그리고 이제 공아저씨의 선택 때문에 내가 시험을 받게 되었다. 나라면 순금의 반을 어떻게 거절할 것인가! 거절할 순 있을까? 《몽실언니》에서도 꽃 파는 소녀는 몽실이에게 누구한테도 공으로 얻어먹으면 사람이 아니라고 했는데 말이다. 내가 배우지 못해 능숙하지 못한 것이 어디 컴퓨터뿐일까? 내가 힘든 것이 단지 새로운 지식 부족일까? 내가 가르치는 책읽기조차 어떻게 하면 성공해서 쉽게 공짜로 세상을 살아가는 길이 되어 버린 세상에서 말이다.

일하지 않고 공짜로 얻는 것, 공으로 얻어먹으면 사람이 아니라 했는데……. 난 여전히 어떻게 하면 일하지 않고 먹고 살아 볼까 궁리중이다. 아니 그것을 가르치고 있다. 내가 이러니 어찌 아이들에게 일하는 삶이 귀하다고 말할 수 있을까? 일하는 삶이 귀하다는 것이 가르쳐서 되는 일이기는 한지.

내가 배우지 못한 것, 그래서 살아가기 힘든 진짜 이유는 이렇게 따로 있었다.

"공짜는 내 것이 아니다."

"공으로 얻어먹으면 사람이 아니다."

공 아저씨의 이름 '공'이 새삼스럽다.

(2011, 4주기)

내가 만난 해룡이, 엠마 그리고 선생님

구현진

5월이다. 5월엔 참 여러 '날'도 많지만 어느덧 똘배가 준비한 '권정생 선생님 추모제'가 퍽 중요한 날이 되고 있다. 따뜻한 사람들이 정성스레 준비하는 귀한 시간이고, 이런 자리 아니면 만나기 힘든 반가운 분들을 만날 수 있는 자리고, '글'을 통해 마음을 나눌 수 있는 멋진 자리기 때문이다. 작년 추모제 때 생각했다. '멀고 크게만 느껴졌던 선생님을 요만큼은 더 가깝게 만났으니 내년엔 좀 더 선생님과 친해질 수 있겠다. 선생님 글 많이 읽어 봐야지……' 아, 얼마나 많이 읽었는지 그 얘긴 얼른 지나가련다. 그래도 똘배가 내준 과제는 작년보다 반갑게 맞이했다. 그 숙제 덕에 지난 한 달 동안 작품 속 인물들을 하나하나 들여다보며 웃기도 하고 가슴 아프기도 했다. 그들 말과 행동 하나하나에 선생님이 그대로 보였다.

난 '해룡이'를 잊을 수가 없다. 일곱 살 어린 나이에 동생 용숙이, 아버지, 그리고 어머니까지 잃고 남의 집에서 머슴으로 13년을 살았다. 부지런하고 건강하고 잘생긴 해룡이는 힘들었지만 늘 웃는 얼굴로 사는 칭찬이 자자한 젊은이였다. 그에게 다가온 열일곱 살 소근네는 정말 한 줄기 빛이었다. 같은 고아라는 것, 남의집살이 하는 처지라는 것에서 더욱 정이 갔고 곧 혼인하고 싶어졌다.

선생님 살아 온 이야기를 읽다 보면 사랑도 제대로 못해 봤다는 말씀을 하신다. 그런 가운데 초등학교 다니던 시절 처음으로 사랑을 느낀 같은 반 동갑내기 여학생 양자 이야기가 나온다. 검정물감을 들인 옥양목 치마저고리를 단정하게 입은 양자한테 마음이 끌렸던 얘기, 무언가 그늘이 느껴져 마음이 쓰였던 양자, 그녀에게 쪽지를 보냈다가 아이들 놀림감이 되었던 이야기……. 그래서일까? 해룡이가 소근네 생각에 가슴이 쿵덩쿵덩 잠 못 이루는 심정, 주인 어른이 혼사를 치러 줄 것 같아 은근히 기대하며 김칫국 먹던 일, 숨구멍이 꽉 막혀버린 듯한 심정, 혼사가 성사되지 않아 이불 속에서 훌쩍훌쩍 우는 해룡이 마음을 어찌나 실감나게 쓰고 계시던지…….

드디어 해룡이와 소근네가 일가를 이루고 소작이지만 자기 농사를 지으며 옥이 만석이 천석이와 함께 정겹게 살아가는 모습은 읽는 이의 마음을 푸근하고 따뜻하게 했다. 그런데 이제야 만난 꿈같은 행복이 한결같이 이어졌으면 하는 바람과 달리 어느 날 해룡이 무릎에 푸릇한 반점이 생기고 살가죽이 굳어 가기 시작했다. 큰애 옥이가 겨우 여섯 살 때였다. 집을 나가 떠돌다 10년 만에 찾은 집 앞에서 커다랗게 자란 아이들 고무신을 껴안고 쓰다듬고 고무신에 손을 넣어 보며 눈물 적시는 해룡이의 모습을 생각할 때면 늘 숨이 막혀 온다. 문고리를 힘껏 그러쥐었다가 힘없이 놓을 수밖에 없는 해룡이, 차곡차곡 정성껏 묶은 돈다발만 두고 뒤돌아 나올 수 밖에 없는 해룡이 앞에서 가슴이 먹먹해진다.

해룡이를 떠올릴 때면 돌아가신 엄마를 통해 알게 된 색다른 인연이 생각난다. 젊은 한때 수녀가 되고자 서울 명동성당에서 지낸 일이 있던 엄마는 한국의 한센병(나병, 마풍, 문둥병의 바른 병이름) 환자를 돌보기 위해 온 오스트리아 아가씨 엠마 프라이싱거를 만나게 된다. 서로 마음이 통해 도움을 주고받던 엠마는 성씨도 우리 엄마의 배씨 성을 따라 한국이름을 '배 엠마'로 지었다. 어릴 때 우리 집에 놀러온 엠마와 함께 찍은 사진이 내 기억의 전부였는데, 소식이 끊겼다가 엄마를 땅에 묻던 날 산소로 찾아 온 엠마를 다시 만났다. 할머니가 다 되어 만난 엠마는 한국의 한센병 환자를 위한 후원회인 '릴리회'와 함께 환우들을 위해 평생 헌신한 분이다. 엄마를 이어 릴리회 후원회원이 된 난 매달 회보를 받아 보며 환우들이 쓴 글을 통해 엠마의 일생을 회고해 나가곤 하는데, 그중 "짐승 같은 취급을 받았던 우리의 손을 잡아 준 엠마 회장님"이라는 구절이 자주 나온다. 사람인데 짐승 취급을 받았다는 말, 그 말이 담고 있는 사무치는 '한'을 어떻게 헤아릴 수 있을까? 얼마나 헤아릴 수 있을까? 그 '한'을 껴안아 준 엠마라는 외국인 앞에서 난 늘 작아진다. 손을 잡아 주기보다는 눈을 돌렸을 내 모습이 떠오르며 미안하고 속상하다.

권정생 선생님 작품에 나오는 수많은 인물들, 공 아저씨, 초밭할머니, 두꺼비, 그리고 해룡이에게서 선생님을 본다. 집을 떠나 기도원에 가셨을 때 그곳에서 목발을 짚고 고개를 떨어뜨리고 있던 문둥이 청년을 만난 얘기를 하신 적이 있다. 3일째 되던 날 더 있을 수 없다며 길 잃은 양처럼 떠난 그 청년을 보며 이 넓은 기도원엔 예수님이 안 계신 것 같다고 하셨다. 예수님이 그 문둥이 청년을 따라가신 것 같다고 하셨다. 그 청년의 모습이 계속 마음에서 떠나지 않았고, 선생님도 곧 기도원을 나와 문둥이 청년을 찾으면서 길을 걸었고, 그렇게 거지 생활이 시작되었다고 하셨다. 지금 이 세상에도 해룡이가, 엠마가, 선생님이 계신다. 그런데 나는 그 어디쯤에서 살고 있는 걸까…….

(2011, 4주기)

하느님을 향해 울고 싶을 때

신수진

무얼로 내 밥벌이를 해야 나에게도, 세상에게도 떳떳하게 살 수 있을까……. 진로를 정해야 하는 대학교 4학년의 어느 날이었다. 나는 권정생 선생님을 삼성역 서울문고 아동도서 코너에서 처음으로 만났다. 그때의 기억은 십수 년이 지난 지금도 아주 선명하다. 교생 실습을 마치고 머리를 식힐 생각으로 서점에 들른 날이었다.

애초에 사범대학을 가려고 했으나 계속 실패해서 '일단 아무 데나 가자' 하는 심정으로 후기에 지원을 했는데, 무념무상의 경지에서 시험을 쳤더니 성적이 너무 잘 나왔다. 내 이름과 성적이 신문에 났다. 헉, 그냥 다니자. 그렇게 4년이 흘러갔다.

그간 세상은 어지러웠다. 전공 공부를 열심히 한다는 것은 어쩐지 죄스러웠고, 그렇다고 사회과학 세미나를 하는 것도 그닥 즐겁지는 않았다. 선배들처럼 자신의 미래를 걸고 운동을 하거나 사회 진출을 준비하는 건, 솔직히 나에게는 두려운 일이었다. 하지만 무섭고 두렵다고 차마 말하지는 못했다. 학교에 나가지 않고 모교로 교생 실습을 나갔던 5월 한 달은 선배나 동기들 누구의 시선도 의식하지 않을 수 있어서 즐겁고 행복했다. 아이들과 수업을 하는 일도 날이 갈수록 재미있었다. 교사 시험을 볼까? 하지만 당시에는 사범대 가산점이라는 게 있어서, 비사범대 출신인 내가 서울에서 교사 시험에 붙는 건 불가능한 상황이었다. (지금 생각하면 참 바보 같은 게, 서울 말고 딴 지역에서 시험을 치면 되었잖아! 왜 그때 집을 떠날 생각을 못했을까. 돌이켜보면 참 어이가 없다.)

어느새 서점에서 내 발길은 알록달록한 아동도서 코너로 가고 있었다. 매대에 진열된 책 중에 《하느님의 눈물》을 우연히 집어 들었다. 첫 번째 동화 〈하느님의 눈물〉에서 돌이 토끼를 만났고, 어느덧 〈산버들나무 밑 가재 형제〉까지 왔다. 언니 가재를 장가보내고 혼자 외롭던 동생 가재가 결국 "하느님, 무섭다아!" 하고 엉엉 우는 대목에서, 나는 그만 선 채로 줄줄 눈물을 흘렸다.

나도 누군가에게 계속 하소연을 하고 싶었다. 어느 길로 가야 할지 모르겠고, 내가 무얼 잘할 수 있는지도 모르겠고, 내게 소명이란 것이 있다면 어떤 것일지도 궁금했다. 그걸 혼자 고민하며 찾아야 했지만, 나는 항상 '집단'에서의 내 역할을 우선하느라 나에 대한 생각은 뒤로 미뤄 두곤 했다. 에잇, 바보 같아라.

엉뚱하지만, "하느님, 무섭다아!" 하며 우는 동생 가재처럼 나도 그냥 펑펑 울고 싶었다. 주말마다 성당에 나가기는 했지만, 나는 기도조차도 나 자신을 위해 하질 못했었다. 왜 그렇게 환한 청춘을 의무와 사명감에 시달리게 했을까. 눈길이 닿는 곳마다 아프고 죄스러웠던 돌이 토끼처럼, 힘들고 외로웠지만 누구한테 뭘 하소연해야 할지를 몰랐던 동생 가재처럼, 나는 내내 힘들었던 거다.

"(…) 대답하고 싶어도 가만히 계셨어. 하느님은 간신히 참고 계셨을 거야."

"정말로 하느님이 대답해 줬지만 네가 못 들었는지도 모른다. 하느님은 아주 조용조용 이야기하시는 분이거든."

〈산버들나무 밑 가재 형제〉, 《하느님의 눈물》, 산하, 1991,108-109쪽

〈산버들나무 밑 가재 형제〉를 읽고 나서, 나는 순간적으로 '힐링'이 되었던 것 같다. 정신적으로, 그리고 종교적으로까지. 내가 내 마음의 소리를 듣고 있지 않았다는 것을, 세상 사람들이 하느님의 소리를 제대로 듣지 못하고 있다는 것을 비로소 깨달은 거다. 작은 동생 가재를 통해서.

선 채로 그 책을 다 읽고, 며칠 뒤 《하느님이 우리 옆집에 살고 있네요》까지 다 읽었다. 그리고 벼락처럼 결심했다. 어린이책을 만드는 사람이 되고 싶다고. 이런 글을 쓰는 작가를 만날 수 있고, 이렇게 귀여운 그림을 그리는 화가를 만날 수 있고, 세상 어린이들에게 이렇게 쉽고 깨끗한 언어로 진리의 말을 들려줄 수 있다면 그 보람은 영어 교사가 되는 것의 백 배, 천 배가 될 것 같았다. 얼마 뒤 나는 총학생회장 선배를 찾아가, 출판사에 다니는 선배가 있으면 소개시켜 달라고 말했다.

그 뒤로 계속 운이 좋았다. 좋은 책을 많이 만들 수 있었고, 정말로 권정생 선생님을 만날 수도 있었으니까. 지금은 '회사'라는 데가 싫어서 책 만드는 현장을 떠나 있기는 하지만, 우연찮게 똘배어린이문학

회 언니들의 책《내 삶에 들어온 권정생》을 만들게 되었고, 이렇게 권정생 선생님과 처음 글로 만났던 순간을 돌이켜보고 있다. 모든 것이 참으로 신기하고 행복한 일이다. 나는 권정생 선생님한테 이렇게 멋진 삶을 선물로 받은 거다.

선생님, 정말 고맙습니다. 동생 가재처럼, 저도 "세상에서 제일 용감한" 사람이 되겠습니다. 내 마음의 소리를 잘 들을 줄 알고, 소곤소곤 얘기하시는 하느님 말씀도 잘 들을 줄 아는, 그리고 그걸 삶에서 진짜 행동으로 옮길 줄 아는 좋은 어른이 되어서 살겠습니다. 부디 너그럽게 지켜봐 주세요.

(2012, 5주기)

난 못생기고 까칠한 두꺼비

김연희

내가 쓴 글을 보고 큰딸 아이가 묻는다.

"엄마는 원래 그렇게 문장이 짧아?"

"어."

"특이하네. 〈롤러코스터〉 같아."

"롤러코스터?"

"왜 있잖아. 여자 성우가 짧게 짧게 읽어 가면서 남자 여자 상황을 설명하는 프로그램."

"몰라. 난 그냥 똑 떨어지는 짧은 문장이 좋아. 길게는 못 써. 안 써져."

이 때 가만있던 둘째 아이가 한 마디 툭 던진다.

"엄마는 그래서 까칠하단 얘길 듣는 거야."

남편까지 거든다.

"그래, 당신 문장은 깍쟁이 같아. 딱딱 끊어지고, 뭐랄까? 여하튼 당신다워."

요즘 애들 말로 '헐'이다. 난 우리 식구들에게 까칠함의 대명사이다. 그 까닭은 아마도 그냥 스윽 못 본 척 안 들은 척 넘어가는 게 없고,

부당한 거 못 참고 그리고 그 무엇보다 뒤끝작렬인 때문일 거다. 내가 지금껏 살면서 다른 사람들에게 가장 적게 들었던 말은 '예쁘다'이고, 가장 많이 들었던 말은 '까칠하다'이다. 곰곰이 생각해 보면 여태까지 살아온 내 삶의 작은 화두는 '예쁘지 않다'였던 것 같다. '예쁘지도 않은데 멍청하기까지 하면 안 되지.' '예쁘지도 않은데 못돼 처먹었다는 소리까지 들으면 안 되지.' '예쁘지도 않은데……. 예쁘지도 않은데…….' 그리고 예쁘지도 않은데 얄잡아 보이기까지 하면 안 되니까 나를 단단히 포장한 게 바로 이 까칠함이었던 것 같다. 처음에는 포장이었는데 점점 갈수록 이제는 까칠함 자체가 나인 것 같아 은근히 걱정되는 중이었다. 그러다 오늘 〈두꺼비〉를 만났다.

물레방아 옆 오솔길에서 만난 잘생긴 수탉이 두꺼비에게 친구가 되어 주겠다고 한다. 수탉은 자기는 너무 멋지게 잘 생겨서 다른 사람들이 서로 다투어 친구가 되겠다고 하지만 두꺼비는 두툴두툴 징그럽게 생긴데다 엉기적 엉기적 걸어가는 모습은 바보 같아 아무도 친구가 되어 주지 않을 테니 자기가 기꺼이 친구가 되어주겠단다. 두꺼비는 수탉의 말이 맞는 듯도 하여 친구가 되어 같이 둑길을 걷게 되었다. 그런데 수탉은 땅만 쳐다보며 먹을 걸 찾느라 여념이 없어서 한나절이 다 가도록 두꺼비와 말 한 마디 나누지 못한다. 참다못한 두꺼비는 수탉에게 말한다.

"너처럼 잘 생긴 친구와 걷는 것은 좋지만 줄곧 땅만 내려다보고 먹을 것만 찾는 너하고는 아무래도 사랑하는 친구가 될 수 없어. 먹을 것이란 세 끼 필요한 양식만 있으면 그만이야."

〈두꺼비〉, 《하느님의 눈물》, 산하, 1991, 85쪽

두꺼비는 주저하지 않고 혼자서 앞으로 성큼성큼 가 버린다.

까칠한 두꺼비 같으니라고. 난 수탉이 두꺼비에게 못생겼다는 둥, 바보같이 걷는다는 둥 할 때부터 알아봤다. 두꺼비가 수탉한테 한 방 먹일 줄 알았다. 까칠한 두꺼비는 친구 하자며 다가온 수탉이 자기를 깔보며 선심 쓰듯 구는 것이 처음부터 마뜩치 않았다. 그래도 어찌 친구가 되어 볼까 했는데 한나절이 지나도록 푸른 하늘 한번 쳐다보지 않고, 먹을 걸 찾느라 땅만 쳐다보는 수탉과는 더 이상 마음 맞는 친구가 될 수 없다는 걸 알고 떠나 버린 거다. 누군가는 두꺼비더러 수탉에게 애정을 가지고 좀 더 지켜봐 달라고 말할 수도 있을 거다. 또 그렇게 단번에 잘라내 버리는 두꺼비가 냉정하다고도 말할 수도 있을 거다. 하지만 수탉이 처음부터 자기 잘났다고 거들먹거리지만 않았어도, 푸른 하늘 한 번 쳐다볼 여유만 가졌어도, 두꺼비가 그렇게까지 쏘아붙이고 떠나지는 않았을 게다. 이게 모두 다 보이는 것만 좇은, 겉모습만 잘난 수탉 탓이다.

난 이런 까칠한 두꺼비가 좋다. 말이 분명해서 좋고 행동에 주저함이 없어서 좋다. 잘생긴 붉은 볏이 없어도, 바보같이 걸어도 생각이 옹골진 두꺼비가 멋있다. 난 오늘 '두꺼비'를 만나 나의 까칠함이 더 이상 싫지 않게 되었다.

두꺼비는 선생님 같다. 까칠한 선생님, 까칠한 두꺼비, 거기에 까칠한 나를 살짝 얹어 같이 묻어가고 싶다. 아, 기분 좋다.

(2012, 5주기)

그냥… 있는 그대로… 마음으로…

구현진

요즘 기타를 친다. 20대에 기타를 배운 적이 있는데 그 뒤 세월이 흘러 20년이 지난 요즘 다시 기타를 튕기게 되었다. 또다시 손가락에 굳은살이 박히는 따끔따끔한 고통이 뒤따르지만 기타줄을 뜯고 치는 손맛이 참 좋다. 〈너에게 난〉 〈산골소년의 사랑이야기〉 〈로망스〉 그리고 〈Let it be〉……. 비틀즈가 부른 이 노래를 귀로는 수없이 들어왔지만 마음으로 들은 적이 없었나보다. 이 곡 노랫말을 읽어나가는데 문득, 또야가 말한 "그냥……."이라는 말이 떠오른다.

올해 결혼 20주년이다. 살면서 '말'을 조심해 왔기 때문에 우리가 별 탈 없이 잘 지내 왔다고 난 믿었다. 한창 10대인 두 아들이 부모와 별 탈 없이 살고 있는 것도 내가 말을 신경 쓰며 조심해 왔기 때문이라고 생각했다. 몇십 년을 만나온 친구들과 별 다툼 없이 그리고 늘 만나는 이웃들과 별 불편 없이 잘 살아왔다. 권위적이지 않고 상대방 의견을 존중하는 부드러운 말씨 덕분에!

"오늘은 잡곡밥에 고등어 구워 먹는 것 어때?"

"먼저 공부 좀 하고 나서 놀러나가는 게 어때?"

"아침에 5분만 일찍 일어나는 것 어때?"

아니 이렇게 상냥하게 권하는 말투로 얘기하는 이 엄마 말이 왜 짜증이 나는 거냐고! 도무지 이해가 안 간다는 나에게 남편이 10년 전 여행길에서 그때 자기는 고기가 먹고 싶었는데 내가

"김치찌개 먹는 게 어때?"

하는 바람에 할 수 없이 김치찌개를 먹었다는 얘기를 꺼내며 내 말에 담긴 '판단'과 '무게'에 대해 얘기하기 시작했다. "~하는 게 어때?"가 의견을 묻는 것 같지만 그 말 속엔 "이렇게 했으면 좋겠어, 이렇게 해."라는 메시지가 들어 있으며, 수직관계에 놓여 있는 아이는 더욱 무겁게 눌려 버린다는 것이었다. 아버지가 교장선생님이셨던 내 친구는 고상한 아버지의 권위적인 말투에 지금도 힘들다는 얘기를 하면서 맞장구를 쳤다. 남편과 친구들과 지난 1년 많은 얘기를 나누면서, 도무지 이해할 수 없었던 그들의 말이 조금씩 귀에 들어오기 시작했다. 그때마다 권정생 선생님이 쓴 〈또야 너구리의 심부름〉에 나오는 엄마와 또야가 생각났다. 엄마는 또야에게 "콩나물 좀 사 오는 게 어때?"라고 말하지 않고 "또야, 가서 콩나물 사 온."이라고 말한다. 또야한테 백 원짜리 동전 한 닢을 주면서 심부름 값으로 받고 싶지는 않다는 또야의 마음을 읽고 "심부름은 그냥 하는 거고 백 원은 그냥 주는 거야."라고 말한다.

"엄마, 이 돈 백원 진짜 그냥 주는 거지?"

"그럼, 그냥 주는 거야."

"심부름하는 값 아니지?"

"그래 그래 아니다."

〈또야 너구리의 심부름〉, 《또야 너구리의 심부름》, 창비, 2002, 21쪽

엄마는 또야가 스스로 심부름하고 뿌듯해하는 자부심을 온전히 누리게 맞장구를 쳐 준다. 진심으로 엄마를 도와주고 싶은 또야 마음을 알아주는 것이다. 그러니 또야는 심부름을 다 하고 와서 "역시 엄마가 제일 좋았어요." 라고 말하는 거다.

있는 그대로 두어라, 섭리에 따라라, 순리에 따르라는 〈Let it be〉를 튕기며 상대방과 통하는 내 마음, 내 말하는 방식, 대화방식을 돌아보고 있다. 내가 미리 판단하지 않고, 또 요구하지 않고, 상대방을 있는 그대로 두고, 모르면 물어보고…… 무엇보다 또야네처럼 마음으로 주고받고…….

그래서 난 요즘 작은 아이에게 많이 묻는다. 그랬더니 정말 짜증 대신 대답이 온다. 그럼 그걸 가지고 또 물으면 제법 긴 얘기가 돌아온다. 남편하고도 마찬가지다. 내가 먼저 계획하기보다 백지 상태에서 물으니 솔직한 의견이 돌아오고, 친구에게도 그래서 어떻게 하고 싶냐고 물으면 대답이 돌아온다. 이거다. 그냥…… 있는 그대로…… 마음으로…….

(2012, 5주기)

지하철에서 만난 황소 아저씨

윤경희

벌써 할머니가 되었다. 언니들이 손주를 얻었기 때문에 난 젊은 이모할머니다. 그러면서 언니들과 나누는 얘기도 시어머니 이야기에서 며느리 이야기로 옮겨갔다. 결론은 나이 든 사람들이 외롭지 않으려다 보니 젊은 사람을 상전으로 모셔야 한다는 푸념이다. 윗사람 노릇이라는 것이 입은 다물고 지갑은 열어야 한다는 우스갯소리가 있을 정도로 눈치가 보이는 일이다.

어제는 대학병원에서 거의 1년 동안 치료를 받던 친정엄마를 재활병원으로 옮겨 드렸다. 아들, 딸을 상전으로 모시고 지갑을 열 수 있다면 행복한 노인이다. 병을 얻어 자식들을 위해 아무것도 못하고 아기처럼 누워 있는 엄마를 보니 참 산다는 것이 비참하다는 생각이 든다. 아이처럼 단순해진 엄마는 노인 환자들로만 가득한 재활병원이 낯설고 싫은지 집에 가고 싶다고 울었다. 우는 자식 떼어 놓고 오는 것처럼 마음이 무겁고 아팠다.

몸도 마음도 힘든 하루를 보내고, 집으로 돌아오는 지하철에 앉으니 〈황소 아저씨〉가 보고 싶어졌다.

바람이 씽씽 부는 추운 밤이었습니다. 황소 아저씨가 누워 있는 외양간 안까지 찬바람이 불어 들어와, 등어리옷을 입었는데도 선뜩선뜩 추웠습니다. 하지만 황소 아저씨는 역시 덩치가 큰 만큼 꾹 참고 주둥이를 보릿짚에 파묻고는 잠이 들었습니다.

〈황소 아저씨〉, 《짱구네 고추밭 소동》, 웅진출판 1991, 134쪽

꾹 참고 견디는 겨울 찬바람은 우리도 늙으며 겪어야 하는 절망과 외로움이 아닐까. 황소 아저씨는 자신의 등때기를 타넘고 왔다 갔다 하면서 먹이를 구하는 새앙쥐를 위해 맛있는 찌꺼기를 구유 속에 남겨 놓았다. 추위에 떠는 새앙쥐들에게 자신의 겨드랑이 사이를 주었다. 황소 아저씨의 등때기를 타넘는 버릇없는 새앙쥐들에게

"아니다. 동생들이 몹시 기다릴 테니 내 등 타넘고 빨리 가거라. 정말은 네가 타넘고 가면 매우 기분 좋을 거야."

앞의 책, 136쪽

라고 말하는 황소 아저씨는 외롭다고 말할 수 있는 솔직한 어른이다.

아기 새앙쥐들은 황소 아저씨 겨드랑이에 얼굴을 묻고는 눈을 꼭 감았습니다. 황소 아저씨의 가슴에서 도근도근 맥이 뛰는 소리가 조용히 들렸습니다.

앞의 책, 141쪽

먹을 것을 얻고 따뜻한 잠자리를 얻은 것은 새앙쥐인데 도근도근 맥이 뛰는 것은 황소 아저씨다. 마음과 체온을 나누어 준 황소 아저씨는 이제 외롭지 않다. 황소 아저씨가 내게 말해주었다. '나이 들면서 점점 힘없고 외로워지는 것은 당연하고 자연스러운 일이다. 더 외롭기 때문에 더 따뜻한 사람이 될 수 있다.'고. 황소 아저씨의 얘기를 들으니까 늙는 것도 병들게 되는 것도 당연한 일이다 싶으면서 늙고 병드는 것에도 자신감이 생겼다. 병원에서 우리 집까지는 지하철로 32정거장이다. 멀어서 걱정이었는데 먼 것도 괜찮다 싶다. 갈아타지도 않으니 책 읽고 잠자기 딱 좋은 거리다.

(2012, 5주기)

'수류탄 던지기'의 비애

이기영

얼마 전 〈학도호국단장 전지현〉(《그 녀석 덕분에》, 이경혜, 바람의 아이들, 2011)이란 소설을 읽었는데 딱 30여 년 전 내가 고등학교를 다닐 때 얘기였다. 소설에서 체육시간에 '수류탄 던지기'를 하는 걸 보고 기겁을 했다. 그때는 '수류탄 던지기'가 그렇게 끔찍한지 몰랐다. 수류탄과 똑같이 생긴 모형을 잡았을 때 그 까끌한 느낌을 내 손은 아직도 생생하게 기억하고 있는데 나는 그걸 잊고 살았다.

나는 '학생회장'은 없고 '학도호국단장'만 있는 학교에서 '공 던지기'가 아니라 '수류탄 던지기'를 하며 여고시절을 보냈다. 그 여린 여학생 손에 왜 '수류탄'이 쥐어졌는지 따위는 관심도 없었다. 소설에서처럼 내 관심은 몇 미터를 던지느냐에 있었다. '수류탄'보다 중요한 건 '점수'였기 때문이다.

그때 그 시절에는 뭣도 모르고 살았는데 소설을 읽다 보니 내가 너무 불쌍해졌다. 그리고 군사독재가 나에게 한 짓이 얼마나 끔찍한 것이었는지 새삼스럽게 치를 떨었다. 뭣도 모르고 점수의 노예가 되어 수류탄을 던져댔던 내 청춘이 너무 억울하고 분하고 한심해 눈물이 쏟아졌다.

권정생은 〈새들은 날 수 있었습니다〉를 군사독재 시대 때 힘들게 썼다고 한다. 이 동화에서 새들은 날지 못한다. 새들이 날개 죽지를 축 늘어뜨리고 걸어 다녀야 한다. 이런 말도 안 되는 일은 군사독재 시대니까 가능했다. 그런데 오늘 나는 날개를 펴지 못하고 죽지를 축 늘어뜨린 새들에게서 요즘 우리 아이들의 모습을 보았다. 날지 못하는 새들이나 놀지 못하는 아이들이나 다를 게 없어 보인다. 새들이 날아올라야 하는 것이나 아이들이 놀아야 하는 건 본능이다. 타고난 일이다. 아이들의 본능을 억압하고 학교로 학원으로 빵빵이 치고 집에서도 쉴 틈을 주지 않는 어른들의 폭력이 새들을 날지 못하게 하는 군사독재 시대의 억압보다 덜하지 않아 보였다.

"걸어 다녀도 잘만 살면 되는 거야."

"기어 다녀도 배만 띵띵 부르면 되는 거야."

〈새들은 날 수 있었습니다〉, 《짱구네 고추밭 소동》,
웅진, 2002개정판, 132쪽

어린 새들이 날고 싶어 하면 어른들은 이렇게 말했다. 새들이 날아야 할지 걸어야 할지 이건 선택의 문제가 아니다. 새들은 날아야 한다. 그리고 아이들은 놀아야 한다. 아이들이 놀면서 성장하는 것도 선택의 문제가 아니라는 말이다. 어린 새들에게 "걸어 다녀도 잘만 살면 되는 거야."라고 하는 말이나 "놀지 못해도 좋은 대학만 가면 되는 거야."라며 아이들을 짓누르는 말이나 다를 게 없다. 아이들에게 놀이는 단순한 놀이 이상이다. 놀이에는 자유가 있고 사랑이 있고 미움도 있다. 책에서 공식 나부랭이나 외워 좋은 대학 가는 것에 견줄 수 없는 깊고 넓은 배움이 그 속에 있는 것이다.

어른들이 아이들에게 강요하는 일류대병은 사실 어른들이 놀아보지 못해서 생긴 것이다. 공(자유)을 던져야 할 시간에 수류탄(억압)을 던져서 그런 것이다. '수류탄 던지기의 비애'가 여기에 있다. 오늘날 아이들은 과거 군사독재 때처럼 더 이상 수류탄을 던지지는 않지만 결코 자유와 민주의 세상에 살고 있지 못하다. 내 기억은 흐릿해졌지만 내 손이 생생하게 기억하는 수류탄처럼 우리 기억에서는 사라진 듯 보이지만 우리 몸에는 군사독재 시대의 억압과 폭력이 남아 있다. 우리 성장과정에서 우리도 모르게 자리 잡은 억압과 폭력은 저절로 없어지지 않는다. 그것을 물리칠 피나는 노력이 필요하다. 우리가 수류탄을 던졌던 건 우리 시대의 불행이고 운명이었다. 그렇다고 해서 아이들에게 그대로 수류탄(억압)을 물려줄 수는 없지 않은가.

(2012, 5주기)

봄날에

최경숙

딸아이 학교 보내며 동화책을 읽기 시작할 때였으니 벌써 20여 년 전입니다. 밤늦게까지 《사과나무밭 달님》을 읽으며 가슴 먹먹했던 기억이 납니다. 아마도 서울살이에 지쳐 있을 때 《사과나무밭 달님》 속에서 고향을 느꼈던 것 같습니다. 그 안에서 땟거리를 위해 이 집 저 집 일 다니던 아랫집 할머니도 만나고, 말 못하는 대신 늘 소처럼 일하면서도 싱글벙글 웃기만 하던 이웃집 벙어리 오빠도 보았습니다. 내 땅 한 뙈기 없어도 부지런하면 살 수 있다는 것을 눈으로 보여 주던 사람들이지요.

20년이 지난 지금, 《사과나무밭 달님》 속에 사는 사람들이 행복해 보여 놀랐습니다. 보고 또 보아도 그들이 행복해 보이니 참 묘합니다. 왜 《사과나무밭 달님》 속에 사는 사람들이 행복해 보일까요? 욕심을 만들지 않고, 억울함도 품지 않고, 그래서 화낼 줄도 모르는 사람들, 아무것도 바라지 않고 아이처럼 웃고 있는 사람들에게서 보름달같이 환한 달빛이 비칩니다.

되돌아보니 나는 늘 꿈을 꾸었고, 소망들을 하나씩 하나씩 이루며 살았습니다. 서울에 가서 사는 꿈을 꾸고, 서울에서 살게 되니 내

집을 갖고 싶었고, 아이를 품에 안았을 때는 아이의 방을 만들어 주고 싶었습니다. 내 집을 갖고, 아이들 방을 만들어 주고, 각자 자기의 공간에서 잘 살고 있는데 뭔가 잃어버린 것 같습니다. 집에 들어오면 자기만의 방으로 들어가 나오지 않는 아이들. 꼭 닫힌 문을 바라보며 우리가 없어진 것을 알았습니다. 갑자기 단칸방에서 몸 부대끼며 살던 때가 그리워집니다. 마음속에 또 다른 바람이 들어앉습니다. 그런데 지금 《사과나무밭 달님》 속에 사는 사람들을 다시 만나면서 내가 꿈꾸었던 소망들이 바로 욕심이었다는 걸 알았습니다. 욕심 품은 소망들을 이루면서 내 안을 비추던 빛을 잃어버린 것 같습니다. 별을 언제 보았는지, 달과 언제 만났는지 도통 기억에 없습니다. 그러니 그 빛이 나에게 들어올 턱이 없지요. 꿈을 꾼다는 핑계로 내 안에 욕심을 가득 채웠던 건 아닐까요? 그래서 달빛도 별빛도 들어오지 못하고 있었던 것은 아닐까요?

《사과나무밭 달님》을 보면서 고향에 가고 싶어졌습니다. 고향에는 봄이 왔다 가고 있을 테지요. 살구꽃이 피면 하늘에서 달덩이가 내려온 것처럼 우리 집은 멀리에서도 환하게 빛났습니다. 연분홍 복숭아꽃이 피어날 때면 세상은 온통 꽃밭이었지요. 그 속에 있을 때는 나도 《사과나무밭 달님》 속에 사는 사람들처럼 방긋방긋 웃고, 좋아라 두 손 쳐들며 꽃비를 맞았습니다. 그 순간만큼은 어떤 소망도 꿈꾸지 않았고 내 마음은 환해졌습니다. 그때는 나도 사과나무밭 달님에 사는 사람들처럼 행복했을 겁니다. 늘 하늘을 보며 달빛을 받고, 별들과 놀았으니 나에게도 달빛이 물들고 별빛이 스며들었을 겁니다.

달님과 마주 보며 시골길을 걷고 싶습니다. 흙냄새 맡으며 곱게 갈아 놓은 밭이랑에 콩도 심고, 감자도 심고, 고추도 심고 싶습니다. 신발 안으로 들어온 붉은 흙을 탁탁 털며 하늘을 올려다보고 싶습니다.

《사과나무밭 달님》을 보면서 이런저런 생각을 하고 있으니 오늘은 서울에도 사과나무밭 달님이 떠오르고 있습니다. 그 속에서 선생님이 환하게 웃고 계십니다.

(2015, 8주기)

암이라서 천만다행이다

이주영

〈해룡이〉는 《사과나무밭 달님》 제1부에 실려 있는 글이다. 부모도 형제도 친척도 집도 아무것도 없이 머슴살이를 하는 총각이다. 해룡이가 일곱 살 되던 해에 병 이름도 잘 모르는 전염병으로 삼밭골에서만 서른 명이 넘게 죽었다고 한다. 그때 해룡이 부모와 동생 용숙이도 그 병을 앓다가 죽었다고 한다. 그렇게 혼자 된 일곱 살 해룡이를 옆집 삼태네 할아버지 소개로 삼밭골에서 오십 리 길 고개 너머 바위골 장주사 댁 꼴머슴으로 와서 살게 된 것이다. 일곱 살짜리 꼴머슴 한 명 동네에서 품어주지 못하고 오십 리나 되는 마을까지 보낸 걸 보면 당시 농촌이 얼마나 어려운 상황이었는지 알 수 있다.

스물두 살에 장가를 간다. 같은 마을 큰기와집에서 식모로 일하는 소근네다. 소근네도 부모도 형제도 없이 남의 집 식모살이를 한다. 해룡이도 속마음으로 소근네를 좋아했고, 소근네도 속마음으로 해룡이를 좋아했다. 다행히 갑돌이와 갑순이처럼 속마음으로만 좋아하고 애를 태우다 다른 사람한테 시집 장가를 가는 게 아니라 큰기와집 머슴인 만덕이가 다리를 놓아 주어서 결혼을 한다. 이 부분을 읽어 줄 때는 아이들도 괜히 좋아했다. 그런데 슬프게도 해룡이가 문둥병에 걸리고, 아내와 딸 옥이와 아들 만석이와 천석이를 두고 떠난다. 사랑하는 식구들한테 병을 옮길까 무섭기 때문이다.

〈해룡이〉를 학교에서 아이들을 가르칠 때 가끔 읽어 주었는데, 아이들은 문둥병에 걸렸는데 왜 병원에 안 가고 집을 떠나야 하는지 이해를 하지 못했다. 문둥병이 무서운 전염병이고, 그런 전염병을 사랑하는 아내와 아들딸한테 옮기게 하면 안 되니까 집을 떠난 거라고 하면 고개를 끄덕이긴 하지만 정말 받아들이는 건 아니다. 우리가 어릴 때만 해도 문둥병 환자가 많았고, 가끔 동네를 돌아다니기도 하고, 아이들을 잡아먹는다는 소문까지 진실로 믿었다. 그러나 요즘 아이들은 그런 말을 들어도 병원에 안 가고 집을 나간 걸 수긍하지 못 한다. 문둥병 환자는 이제 아이들한테 무서움의 대상이 아니라 동화에 나오는 불쌍한 사람일 뿐인 것이다.

〈해룡이〉를 아이들한테 읽어 줄 때는 '눈 내리는 깊은 밤'에 몰래 와서 신발을 쓰다듬어 보고 돈을 놓고 가는 장면에서 나도 모르게 눈물이 찔끔 나곤 했다. 이번에 다시 읽을 때는 더 마음을 후비듯이 아렸다. 그러면서도 내가 문둥병 같은 전염병이 아닌 암에 걸린 게 천만다행이라는 생각을 더 하게 되었다. 암 판정을 받고 병원에 입원해서 정밀 검사를 할 때 텔레비전에서 암환자들을 찾아다니면서 취재한 걸 보았다. 그때 일흔이 넘은 할머니가 폐암 말기인데, 암이라서 행복하다고 하였다. 만일 폐결핵이면 식구들하고 같이 못 살고 병원이나 요양원에 가야 하는데, 폐암은 전염병이 아니라서 식구들과 같이 살 수 있으니 행복하다고 하였다. 그 할머니 표정을 보니 진심이라는 걸 알 수 있었다. 그때부터 나도 기도할 때마다 암이라서 고맙다고 했고, 식구들이나 주변 사람들한테도 그렇게 말했다.

사실 그렇게 기도하고, 다른 사람들 앞에서는 허허 웃으면서 그렇게 말은 했지만 마음속까지 그런 말을 다 온전하게 인정한 것은 아니었다. 그런데 이번에 해룡이를 다시 읽으면서 정말 암이라서 다행이었다는 생각이 들었다. 정말 문둥병이 아니라서, 전염병이 아닌 암이라서 천만다행이다.

(2015, 8주기)

권정생 동화로 만난 전쟁

장은주

〈용원이네 아버지와 순난이네 아버지〉(《짱구네 고추밭 소동》, 웅진닷컴, 1991)에서 용원이네와 순난이네는 앞뒷집에 삽니다. 두 집은 울도 담도 없는 이웃으로 삽니다. 밥을 먹을 때면 밥숟갈이 입으로 들어가는 것까지 서로가 건너다보입니다. 보리밥을 먹는 여름철에는 용원이네 아버지와 순난이네 아버지의 요란한 방귀소리가 두 집을 왔다갔다합니다.

방귀소리에 웃으며 사는 평화로운 시골 마을에도 전쟁이 지나갑니다. 용원이네 아버지는 총 든 인민군 앞에서 방귀를 뀌었다가 총살당할 뻔합니다. 인민군이 지나간 후에 나타난 국군은 순난이네 아버지를 몽둥이로 때리고 군홧발로 짓밟았습니다. 너무 무섭고 놀라서 저절로 방귀가 뀌어졌는데, 왜 방귀를 뀌었냐고 마구 때렸습니다. 용원이네 아버지도 순난이네 아버지도 예전처럼 방귀를 뀔 수 없습니다. 군인들이 무서워 밤마다 벌벌 떨며 괴로워하다가 그만 죽고 맙니다. 울도 담도 없이 평화롭게 살아가던 시골 사람들이 맥없이 죽어 버렸습니다. 전쟁 때문입니다.

나에게 전쟁은 좀 멀리 있는 말이었습니다. 휴전 상태를 반세기 넘게 유지한 나라에 살면서도, 끊이지 않고 일어나는 전쟁 뉴스를 들어도 그건 나의 일이 아니었습니다. 그런데 지난해부터 이런저런 일들이 하나의 고리로 연결되어 문득 다가온 말이 전쟁입니다.

지난 해에 《겨레아동문학선집》을 읽었습니다. 똘배가 되어 처음 읽은 책입니다. 1권부터 8권까지 읽다 보니 1920년대 아이들부터 1950년 6. 25 전쟁이 일어나기 바로 전까지의 아이들을 만날 수 있었습니다. 겨레 선집 7, 8권에는 전쟁 바로 전의 아이들이 주인공입니다. 해방이 되고 새로운 세상을 기대했지만 여전히 세상은 살기 어렵기만 한 때입니다. 그래도 아이들은 아이들 모습 그대로 놀고 있습니다. 책을 읽는 내내 힘들어도 희망을 안고 살아가던 이 시대의 아이들이 곧 전쟁을 겪을 거라는 생각에 안타까웠습니다. 아마도 권정생 동화 《초가집이 있던 마을》에서 만난 종갑이, 복식이, 유준이 때문이지 싶습니다. 그리고 권정생 선생님 때문입니다.

창작동화를 공부하고 특별히 권정생 동화를 더 열심히 읽는 똘배어린이문학회의 막내가 된 후 권정생 선생님 책을 다시 읽었습니다. 언제 공부해서 선배들을 따라갈까 싶어서 열심히 읽었습니다.

《몽실언니》를 읽고, 《점득이네》를 읽고, 선생님 이야기를 읽고, 읽고…… 선생님 책에서 만난 많은 사람들이 전쟁 때문에 슬프고 아프게 다가왔습니다. 전쟁이 제 생긴 모양대로, 제 살던 모습대로 살 수 없게 한다는 걸 새삼 깨우치고 나니 전쟁이라는 것이 더없이 슬프고 무서운 일로 느껴집니다.

지난 3월에 케테 콜비츠 전시를 구경했습니다. 반전과 평화를 말하는 그림들 속에서 한 그림을 만났습니다. 〈전사 Killed in Action〉라는 제목의 작은 석판화입니다. 전사 통지를 받고 오열하는 어머니와 주위에 둘러선 아이들, 그중 아주 어린 동생을 안고 어머니를 바라보던 여자아이의 눈동자에서 눈을 뗄 수 없었습니다. 그 눈동자가 말하는 슬픔과 공포에 울컥 눈물이 났습니다. 전쟁이 파괴하는 것이 무엇인지를 그 눈동자는 말하고 있었습니다.

권정생 동화로 만난 전쟁을 다른 책, 다른 장르에서 다시 만났습니다. 아이들이 제 생긴 모양대로, 어른들이 제 살던 모습대로 살 수 있는 것이 얼마나 소중한 가치인지 새삼 깨우쳤습니다. 더 많은 사람들이, 더 많은 아이들이 권정생 동화를 읽었으면 하는 바람이 생겼습니다.

(2015, 8주기)

'정직'이란 말이 이런 뜻이죠?

윤경희

〈빨간 책가방〉을 읽으며 '정직하게 말하는 것과 정직하게 사는 것은 아주 용감해야 한답니다.'라는 선생님 말씀이 '이거구나!' 싶었습니다.

〈빨간 책가방〉의 영화는 작은 몽실이 같습니다. 안쓰럽고 대견해서 안아 주고 싶은 아이면서 몽실이처럼 만만치 않은 아이입니다. 영화가 왜 만만치 않은 아이일까요? 그것은 영화가 정직하기 때문입니다.

영화는 봄을 기다립니다. 그리고 어머니를 기다립니다. 서울로 돈 벌러 간 어머니가 책가방과 예쁜 옷을 사 오신다고 약속했기 때문입니다. 하지만 엄마에게서 온 편지를 읽어 주려던 뒷집 아저씨가 눈을 끔뻑거릴 때 어머니가 또 못 오신다는 것을 눈치 챘습니다. 할머니가 시장에 데려가 빨간 책가방이랑 필통과 연필을 사주었지만 부풀어 있던 영화의 설렘은 바람이 빠져 버렸습니다. 꼭 오겠다던 엄마는 오지 않았지만 봄은 왔습니다. 그리고 영화는 1학년이 되었습니다. 희망도 실망도 영화를 자라게 해주었습니다. 영화는 이제 아무것도 기다리지 않기로 했습니다. 아침 일찍 일어나 제 손으로 세수하고 머리도 빗고 책가방도 챙깁니다. 할머니가 기워 주신 바지를 입었지만 서운하지 않습니다. 왜냐면 영화는 마음의 빈 곳을 봄기운으로 채울 수 있기 때문입니다.

그토록 기다리던 봄이 이렇게 온 것만으로도 영화는 가슴이 가득 차는 것입니다.

〈빨간 책가방〉,《짱구네 고추밭 소동》 웅진닷컴, 1991, 23쪽

봄빛은 용기를 주어 정직이란 싹도 틔웁니다. 영화는 친구들에게 사과하기로 마음먹습니다. 어머니가 과자 사 오시면 나눠 주겠다고 한 말을 지키지 못한 것이 마음에 걸려 있었거든요.

"(…) 저어 말이지. 우리 할머니가 말씀하시는데, 엄마랑 아버지가 아직 돈을 많이 못 벌었단다. 그래서 내년 설날까지 또 기다리라고 했어."

"그럼 그때 우리하고 약속한 과자 많이 줘."

재옥이가 빨간 볼에 보조개를 지으며 웃었습니다. 영화는 크게 고개를 끄덕였습니다.

앞의 책, 23쪽

엄마가 가져오신 과자는 없지만 봄이 주는 선물은 아주 넉넉해서 친구들과 얼마든지 나눌 수 있습니다. 그리고 봄은 기다리면 꼭 옵니다. 자연은 정직합니다. 봄 선물을 받을 줄 아는 아이들도 착하고 정

직합니다.

〈빨간 책가방〉을 읽으면 실망하고 참는 영화 때문에 마음이 아프고 친구의 어떤 말에도 고개를 끄덕이는 착한 아이들에게 반하게 됩니다. 가지고 싶은 마음, 자랑하고 싶은 마음, 실망하는 마음, 참는 마음, 불편한 마음이 솔직하게 다 보이는 동화입니다. 엄마가 못 오셔도, 기워진 옷을 입어도 괜찮아야 하니까 괜찮은 척하는 것이 아니고 진짜 괜찮아서 괜찮아집니다. 기다린다고 바란다고 다 되는 것이 아닌 것을 알았으니까 이제 미리 기다리지 않기로 합니다. 대신 맘껏 가져도 되는 봄으로 온 마음을 채웁니다. 친구들에게 했던 약속을 지키지 못해서 마음이 무거우니까 미안하다고 말도 합니다. 전에 읽을 때는 이런 영화가 안쓰럽게만 보였습니다. 그런데 오늘은 영화가 미덥습니다. 걱정 안 해도 되겠습니다. 용기 내서 친구들에게 사과하는 영화의 모습은 물론이고 자랑하고 실망하고 단념하는 영화도 참 정직합니다.

우리는 모래알처럼 작지만 왠지 잘 녹지 않는 불편한 감정의 알갱이들을 때로는 삼키고 때로는 뱉어내면서 피해 갑니다. 그것이 오히려 삶의 지혜이고 미덕이라고 배웠습니다. 그런데 영화는 피하지 않습니다. 받아들이고 떨쳐 버리고 고칩니다. 어려운 일입니다. 그래서 영화는 혼자 해내는 아이가 됩니다. 단단한 아이가 됩니다.

선생님의 삶이 너무 고단하고 대단하고 나와는 너무 멉니다. 선생님 삶을 닮으려는 엄두도 내지 못하면서, 선생님 같은 동화를 쓰겠다는 것도 아니면서 왜 권정생 동화를 읽는가를 계속 묻고 있었습니다. 그런데 어린 영화를 통해서 선생님의 모습을 보니 답이 좀 쉬워집니다. 선생님 말씀을 '가장 나다운 나, 그래서 편안한 나를 위한 정직'으로 알아들었습니다. 늘 나를 확인하고 바라보는 것이 정말 어려운 일이지만 그래도 선생님 동화를 자꾸자꾸 읽는다면 할 수 있겠다는 용기가 생깁니다.

(2015, 8주기)

그래도 걷는다

이기영

동찬이는 걷는 게 일이다. 동찬이네 집 댓골에서 골목길을 지나 아랫마을 금당리를 지나 향교동을 지나 오계동을 지나 신작로로 들어서서 장터마을까지 동찬이는 걷는다. 골목길에 개들과 와르륵 참새 한 무더기와 울퉁불퉁 돌멩이들이 친구가 되어줄 뿐 누구하나 동찬이에게 친절하게 인사를 건네는 사람은 없다. 아이들이 돌멩이를 던져 머리는 상처투성이다. 그래도 동찬이는 걷는다. "얼럴럴럴럴럴럴……" 큰 소리를 내며 걷는다. 들길은 동찬이 세상이다.

아무 소리 못 듣는 귀머거리지만 동찬이는 집배원 아저씨의 자전거가 오면 달구지길 한쪽으로 비켜선다. 그 참에 쉬면서 하늘 한 번 올려다보고, 들길에 피어난 꽃들도 보고, 바람도 한 번 쐬고…….

동찬이가 걸어갔던 그 장터마을을 지난 늦가을 똘배들이 다녀왔다. 운산 장터마을! 구둣방, 양복점, 담배가게, 술집, 푸줏간, 참기름집, 떡 방앗간, 정미소, 책방, 이발소……. 장날이면 동찬이가 여기저기 기웃거리며 하루 종일 사람구경을 하며 놀았던 곳, 그 많던 사람들과 가게들은 다 어디로 갔는지 장터마을이란 말이 무색한 그곳을 우리는 차를 타고 슉 지나갔다.

중앙고속도로를 타고 남안동 나들목으로 나와 왼쪽으로 가면 권정생 선생님이 살던 집이고 오른쪽으로 가면 운산 장터마을이다. 권 선생님 집과 장터마을을 가로지른 그 길이 갈 때마다 조금씩 넓어지더니 이제 4차선으로 뻥 뚫렸다. 동찬이가 집배원 아저씨 자전거를 피해 주던 그 달구지길이 차가 다닐 만큼 넓어지더니 이제는 아예 사람 다닐 길이 없어지고 찻길만 쭉 뻗은 것이다.

작년에 차를 타고 지나갈 때에는 "어머, 여기 길이 이렇게 넓어졌네!" 하고 예사로 지나쳤다. 전국 어디를 가도 늘 있는 일이니까……. 그런데 이번에 〈벙어리 동찬이〉를 읽었을 때 가장 먼저 그 길이 생각났다. 아이고 어쩌냐, 이제 동찬이는 어쩌냐.

둘러보면 어디 동찬이가 걷던 길만 없어졌겠는가. 우리 친정엄마도 길 때문에 요즘 고생이 말이 아니다. 친정집은 가리봉동이다. 가리봉동이 수출산업공단, 일명 구로공단일 때부터 지금까지 수십 년을 살고 계신다. 뇌출혈로 수술을 두 번이나 하신 엄마는 최근 일어나는 일을 기억하는 것이 어렵기는 하지만 다행히 일상생활을 하는 데는 큰 무리가 없다. 그런 우리 엄마가 날마다 하는 일이 걷는 일이다. 걸어서 동네를 한 바퀴 돌기도 하고 버스를 타고 한 바퀴 돌아오기도 한다. 버스를 타고 그대로 앉아 있으면 여의도를 돌아 처음 탄 그 자리에서 내려 집으로 온다.

그런데 구로공단이 디지털단지가 되고 하늘을 찌를 듯한 벤처밸리

건물들이 들어서면서 엄마는 집으로 들어오는 골목을 찾는 게 힘들어졌다. 아직까지는 엄마가 기억할 수 있는 도로변 작은 가게, 삼화페인트가 빌딩숲 사이에서 자리를 지키고 있어 다행이다. 때로는 삼화페인트를 찾으려고 한 시간이 넘게 고생을 하곤 하지만 그래도 찾긴 꼭 찾는다. 기억하는 능력이 떨어진 엄마는 길을 잃는 것도 길을 찾는 것도 몸에서 비롯된다. 몸이 힘들면 정신도 흐려져서 방향감각을 잃고 전혀 다른 길로 들어서 헤매다가 그래도 아직 남아 있는 예전 길의 흔적을 몸이 기억해 집을 찾아온다.

구로공단의 흔적을 지운 자리에 높은 건물들이 들어서고 화려해진 만큼 엄마가 걷는 길도 복잡해졌다. 차는 차대로 엄마는 엄마대로 길 때문에 고생이다. 찻길은 넓히고 넓혀도 늘 막혀 있고 엄마가 몸으로 기억하던 길은 자꾸 사라져 버린다. 그래도 엄마는 하루도 쉬지 않고 집을 나온다.

길은 사람과 사람을 이어 주는 끈이다. 길이 있어 사람과 사람이 소통한다. 몸의 소통은 마음으로 이어진다. 동찬이가 구멍가게도 기웃거리고 떡방앗간도 들여다보고 사람들이 왁자지껄 떠드는 소리가 있는 곳을 찾아갔던 길은 바로 사람들과 소통하고자 내딛던 길이었다. 엄마도 그런 소망으로 오늘도 길을 나서는지 모르겠다. 그런 소망으로 버스에 오르는지 모르겠다. 좀 더 자주 엄마 옆에서 길동무를 해주면 좋으련만 오늘도 엄마는 혼자 걷고 있을 게다.

(2015, 8주기)

4

이놈의 세상
아살박살내
버려야지

언니

김연희

아버지가 죽은 후 난남이는 남의 집 양녀로 가고, 영득이 영순이는 새어머니와 같이 서울로 떠나가 버린다. 몽실이는 동생들과 함께 하지 못하는 현실을 가슴아파하며 이렇게 다짐했다.

> '그래, 난 앞으로도 이 절름발이 다리로 버틸 거야. 영득이랑 영순이랑 그리고 난남이를 보살펴야 해. 영득이, 영순이를 찾아갈 거야. 꼭 찾아갈 거야.'
>
> 《몽실언니》, 창비, 1984, 286쪽

그리고 그 결심대로 훗날 몽실이는 동생들을 모두 거두고 보살핀다. 몽실이가 힘껏 버텨왔던 삶의 버팀목은 영득이, 영순이, 난남이라는 동생들이었다. 동생들이 몽실이에겐 살아가는 이유였다. 영득이 영순이 그리고 난남이는 몽실이와 아버지가 다르거나 어머니가 다르다. 하지만 몽실언니라는 울타리 안에서 모두 한 식구가 되어 서로 아끼며 의지하며 꿋꿋이 살아간다. 이번에 다시 《몽실언니》를 읽으면서 왜 책 제목이 《몽실이》가 아니고 《몽실언니》인지 알 것 같았다. 몽실이가 그 누구도 아닌 바로 '언니'이기 때문이다. 그리고 그 어느 때보다 '언니'라는 말에 마음이 깊게 닿았다.

언니란 어떤 존재일까. 때로는 어머니 같고 아버지 같고 선배 같고 친구 같고 선생님 같은 사람. 가끔은 이런 여러 사람의 몫을 한꺼번에 다 아우르는 사람. 내가 지켜야 할 동생들 앞에서 기죽지 않고 반듯해지고 악착스러워지는 사람. 언제나 내 편인 사람. 언니는 그런 사람인 것 같다. 그리고 이런 언니 정신의 원조가 바로 '몽실언니'가 아닐까.

이제 내 나이 쉰을 코앞에 두고 있다. 그런데 그동안 난 언니인 적이 별로 없었던 것 같다. 집에서는 늘 고집 세고 제 맘대로 하는 막내딸로 자랐고 결혼을 해서 큰올케언니가 된 지금도 부끄럽지만 난 여전히 막내동생 기질에서 벗어나지 못하고 있다. 그리고 또래에서도 난 지금껏 막내 위치에 머물렀다. 이렇게 난 아주 오랫동안 집에서건 밖에서건 막내의 자리를 즐겼고 언제나 기꺼이 그 자리에 머물고 싶어 했다. 난 언니보다 막내가 주는 이기적인 편안함에 훨씬 익숙하다.

누군가의 언니가 된다는 거. 내게는 익숙하지 않은 힘든 것 중의 하나이다. 내게 언니란 '거들어 챙겨 주는 사람'이다. 남편 없이 혼자 살아가는 큰언니도, 유방암으로 고생하는 작은언니도 언제나 내 편을 들어주고 거들어 챙겨 주는 사람들이다. 난 아직도 이런 언니들 앞에선 칠칠찮고 불퉁 맞은 동생이다. 그래도 언니들은 언제나 어여삐 봐준다. 역시 언니라는 자리는 아무나 꿰차는 게 아닌 듯하다.

하지만 이제 나이 앞에서 바라건 바라지 않건 나도 언니의 자리에 앉게 되는 것 같다. 똘배에서도 직장에서도 난 이제 더 이상 막내가 아니다. 어쩌면 진즉에 그 막내 자리에서 벗어났어야 했는지 모른다. 자리가 사람을 만든다고 했나. 그리고 나도 이제 나이가 나이인 만큼 언니 노릇도 좀 해봐야 하지 않겠나. 내게 그 기회를 주려고 7주기 추모제를 맞이하여 똘배에 새 식구가 들어왔다. 그동안 똘배언니들에게서 보고 듣고 받은 대로만 해도 괜찮은 언니라는 소리는 들을 수 있을 게다. 그래도 형만 한 아우 없다는 말이 괜히 나왔을 리는 없겠지.

이 세상의 언니들은 다 어떻게 언니 노릇을 그리 해냈는지 궁금하고 존경스럽다. 그러고 보면 난 언니 노릇에서 요리조리 참 잘도 비켜나 살았다. 《몽실언니》를 읽고 이렇게 글을 쓰면서 든 생각은 내가 그동안 참 깍쟁이 동생이었구나 하는 거다. 주위에 좋은 언니들이 많아서 나의 이 얄미운 꼴을 이제껏 봐주었구나 하는 마음이다. 새삼스레 내 곁에 있는 언니들이 두루두루 고맙다.

(2014, 7주기)

이웃 이야기

장은주

나는 시골 출신이다. 남들은 촌티라고 말할지 몰라도 도시 사람들은 이런 거 모르겠지 싶은 촌사람들만의 정서가 내게는 있다. 도시에서 만난 친구들에게는 늘 읍내 출신이라고 우기지만 내가 소백산 산골 출신이라서 다행이구나 싶을 때가 있다.《몽실언니》를 읽으면서도 그렇다. 몽실이가 살던 동네, 목숨처럼 귀했던 먹을 것을 나눠주고 한 푼 두푼 여비를 마련해주던 허름하고 가난한 이웃들. 그런 이웃들이 살던 동네에서 나도 그렇게 자랐다.

나의 이웃은 다들 가난했다. 방 한 칸씩 세들어 사는 셋방살이 가족들은 서로 복작복작 싸우고 화해하고 웃고, 또 싸우고 살았다. 그 시절 아버지들은 왜 없는 살림을 그렇게도 부셔 대고, 엄마들은 또 얼마나 거셌던지. 와장창 밥상이 날아가고 아이들은 울어 대고, '그래, 나도 못 살겠다' 며 멱살을 맞잡고 덤벼드는 엄마들의 거친 사투리가 아직도 쟁쟁하다.

한바탕 전쟁이 일어나면 이웃들은 모두 제 일처럼 뛰어들어 평화를 실현해 놓는다. '아이고, 좀 참지 그러나, 속을 모르는 것도 아니면서' 이렇게 아무렇지도 않은 일처럼 만든다. 화를 낸 사람을 진정시키고 피난민들을 제 집으로 데리고 들어가 하룻밤 재워 주는 일도 마다 않는다. 눈물 섞인 신세한탄을 들어주고 늦은 밥상을 차려 주며 위로 하는 것도 이웃들의 몫이다.

《몽실언니》를 다시 읽으면서 나는 혼자 남은 몽실이를 챙겨 주는 이웃들 속에서 어린 시절 나의 이웃들이 떠올랐다.

힘든 세상살이에 화풀이 삼아 술을 마시던 정씨 같은 아버지가 있었고, 부부싸움 끝에 집을 나가 버린 밀양댁 같은 엄마도 있었다. 몽실이의 이름이 정몽실인지 김몽실인지 수군거리던 댓골 아주머니 같은 이웃도 있고 미숫가루 한 줌, 떡 하나도 나눠 먹던 개암나무골 아주머니도 있다. 그리고 내 일처럼 뛰어들어 눈물을 흘려주던 남주네 어머니 같은 이웃, 장골 할머니 같은 다정한 이웃들도 기억난다.

내게 조금 더 있는 것은 나눠주고, 내게 부족한 것은 그들이 보태준다는 것을 누가 특별히 가르쳐주지 않아도 알 수 있었다. 푼돈을 서로 빌리기도 하고 보증을 선 끝에 싸움이 나는 일이 있기도 했지만 그렇다고 이웃의 어려움을 못 본 척 넘어갈 수는 없는 사람들이 우리 곁에 있었다. 그래서 이웃을 사촌이라 부르고, 멀리 있는 친척보다 가까운 이웃이 낫다는 말에 수긍하며 살 수 있었다.

우리 동네 사람, 이웃이라는 말이 이렇게 따뜻하게 여겨지는 시절은 언제까지였을까? 지금의 나를 돌아봐도 내가 누군가의 위로가 되는 따뜻한 이웃이라고 말할 수는 없다. 온통 아파트로 둘러싸인 도시에서 함께 아이를 키우고 같은 학교에 보내면서 정을 나누고 산다지만 꼭 그만큼만 할 수 있는 한계가 나에게도 그에게도 있다.

생각해 보면 우리는 함께 어려움을 겪지 않았다. 그 시절처럼 배를 곯아 가며 살지도 않고 전쟁으로 어이없게 헤어지거나 죽는 불행도 겪지 않았다. 눈물콧물 흘리며 슬퍼하고 위로하면서 쌓은 정이 우리에게는 없다. 그 동네서 태어나 그 동네에서 평생 살아가며 내 아버지와 내 할아버지와 그 할아버지의 할아버지까지 따지고 들어가는 안면과도 거리가 멀다. 언제든 익명으로 헤어질 수 있는 시대를 사는 지금의 나에게 우리 동네 사람의 의미는 이미 달라졌다. 나뿐 아니라 사각의 아파트 안에서 걸러야 할 것은 걸러 내고 보여 주고 싶은 것만 보여 주며 살아가는 요즘 사람들의 한계가 아닐까.

'세상에는 별것 아닌 일을 얘기할 수 있는 상대가 의외로 많지 않다.'

언젠가 일본 작가의 소설에서 이 구절을 발견하고 고개를 끄덕인 적이 있다. 따로 메모해 두었다가 같이 등산도 하고 탁구도 치는 이웃 친구에게 문자로 보내 주었다. 내 일상의 사소함을 함께 해주어 감사하다는 말을 덧붙여서. 거친 삶의 속살을 보여 주며 끈끈하게 쌓은 정은 아니더라도 하루하루 일상의 사소함을 나눌 수 있는 이웃이 있어 다행이다.

(2014, 7주기)

최금순 언니가 부른 노래

한광애

며칠 전 엄마와 함께 아버지를 모시고 병원엘 다녀왔다. 치매검사를 통해 치매판정을 받기 위해서였다. 아버지는 간헐적으로 치매 조짐을 보이셨는데 그 횟수가 빈번해짐에 따라 엄마는 정확한 진단을 받고 싶어 하셨다.

아버지는 최근의 일들을 기억하는 데 애를 먹었다. 일주일 전에 통화를 하거나 며칠 전에 만났어도 그 일을 기억해 내지 못했다. 엄마가 회관에 좀 다녀온다고 나가셨는데 누가 물어 보면 모른다고 대답하신다. 또 방금 전 약을 먹고도 같은 약이 보이면 먹은 게 기억이 나지 않아서 다시 약을 드신다.

아버지에게 새롭게 일어나는 일들은 그저 그때그때의 반응으로 나타날 뿐 기억으로 보존되는 것은 극히 드물다. 아버지는 오래전 기억들 속에서 살고 계신 것 같다. 오늘, 어제, 그저께의 일들은 순서도 없고 30년의 기억보다 더 희미할 뿐이다.

"아부지, 내가 누구야? 내 이름이 뭐야?"라고 물으면,

"늬가 누구여, 막내딸이지. 이름이~ "

아버지는 이름을 떠올리지 못하시곤 한참을 내 얼굴만 빤히 쳐다

보시며 웃는다. 그런데 며칠 전에는 아주 놀라운 사실을 발견하게 되었다. 아버지 생일이라서 식구들과 같이 밥을 먹고 얘기를 하다가 어찌어찌 노래까지 부르게 되었다. 아버지가 기운도 없고 앉아 있기도 힘든데 무슨 노래냐 했는데 막상 노래방 기계를 틀고 마이크를 아버지한테 드리자 너무나 씩씩한 목소리로 노래를 부르시는 게 아닌가.

게다가 자막을 보시기엔 먼 거리라 가사를 기억이나 하실까 생각했는데 아버지는 너무도 완벽하게 가사를 처음부터 끝까지 외우고 계시는 게 아닌가. 아버지가 술을 좋아하고 노래를 좋아하셨는데 그 분위기를 여지없이 보여 주셨다. 그 노래가 바로 몽실이가 열 살에 만난 인민군 언니, 최금순이 불렀던 〈찔레꽃〉 이다.

"찔레꽃 붉게 피는 남쪽 나라 내 고향, 언덕 위에 초가삼간 그립습니다……."

별이 너무도 많이 나와서 하늘이 온통 꽃밭 같은 밤, 몽실이와 최금순 언니는 하늘의 별을 바라본다. 한참 뒤 인민군 언니는 맑고 아름다운 목소리로 이 노래를 부르는데 노랫소리가 구슬퍼서 그런지 몽실이 눈에 눈물이 흔들리며 내려온다고 나와 있다.

아버지는 평상시보다 열배 스무 배 힘을 내서 노래를 부르셨는데 몽실이처럼 눈에서는 눈물이 흘러내리고 있었다. 노래를 듣던 우리 식구들도 훌쩍 훌쩍 눈물, 콧물 닦아내느라 바빴다.

최금순은 고향이 그리워서 동생이 그리워서 노래를 불렀을 것이고 몽실이는 죽은 새엄마 북촌댁과 공산군을 쏘아 죽이러 떠난 아버지가 그리워서 울었을 것이다. 그리고 외로워서, 두려워서 울었을 것이다. 우리 아버지는 이 노래를 부르며 어떤 기억을 떠올리며 눈물을 흘리셨을까.

1942년에 처음 백난아가 불렀던 이 노래를 전쟁 중에 인민군 언니 최금순이 부르고 이천십사 년 현재 우리 아버지가 부르고 있다. 그리움과 외로움과 아름다웠던 시절에 대한 애틋한 감정은 세월 속에 녹아 마음에 위로와 평안을 주는 것 같다. 아버지는 지금보다 훨씬 많은 과거의 기억들을 잃어버리시겠지만 '찔레꽃'만큼은 더 오래오래 기억을 하시지 않을까!

이번에 아버지를 뵈러 시골에 가면 유튜브에 올라온 〈찔레꽃〉을 보며 같이 노래 불러 봐야겠다.

(2014, 7주기)

몽실언니 연애도 좀 걸면 좋겠다

김인숙

늦은 밤 지하철을 탄다. 덜컹 덜컹 덜컹. 자리를 잡고 눈을 감는다. 집에 가면 고양이 세수만 하고 자야지……. 막걸리 장사를 시작하고부터 반복되는 일상이다. 그때 전화기가 부르르 떤다. 아주 오랜 친구다.

잘 지내지^^

응, 그냥 그래. 너는?

나두 그렇지 뭐…

잠시 문자가 끊긴다. 하품 뒤에 찔끔 눈물이 묻어난다. 넉 달 남짓 해온 장사가 고단하다. 사는 게 다 그렇다지만……. 에고,《몽실언니》 원고도 아직 못 썼다. 그래서 늦은 밤 전철에서《몽실언니》 생각이다.

일본이 전쟁으로 망하고 나서 우리는 해방을 맞이했다. 36년 동안의 설움을 한꺼번에 씻은 듯이, 벗어 던진 듯이, 모두가 들뜬 기분으로 얼마 동안 시끄러운 세상을 살아야 했다.

《몽실언니》, 창비, 1984, 7쪽

《몽실언니》는 이렇게 시작한다. 그리고 어린 몽실이 밀양댁 손에 끌려 시끄러운 세상을 겪고 사는 이야기가 펼쳐진다. 다시 만나도 몽실이는 여전히 짠하다. 어린 것이 험하고 모진 일을 많이도 겪는다. 그래도 다행인 것은 몽실이 '인생이라는 것'이 무엇인지 늘 생각하며 살아간다는 것이다. 몽실이가 절뚝거리면서도 꼿꼿이 살 수 있는 힘은 여기에서 나올 터.

그런데 곰곰이 보니 여자가 보인다. 몽실은 한 여자였다. 멀쩡한 서방 버리고 새로 시집간 밀양댁 어머니, 병으로 쫓겨나서 새로 시집온 북촌댁 새어머니, 착한 사람 나쁜 사람 의미에 대해 생각하게 하는 인민군 금순 언니, 전장에서 남편을 잃은 남주 엄마, 여자의 결혼에 대해 얘기하는 고등학생 혜숙이 언니, 미군과 관계해 살아가는 금년이 아줌마, 그리고 병이 생겨 남편에게 버림받은 난남이까지 모두 몽실이 곁에 있던 여자들이다.

어느 날 밀양댁이 어린 몽실에게 말한다.

> '몽실아, 이담에 네가 어른이 되면 알 테지만, 여자라는 건 남편과 먹을 것이 있어야 살아갈 수 있단다.'
>
> 앞의 책, 185쪽

몽실은 '하도 굶어 배가 고파서 시집을 간 어머니가 나쁘지 않다'고 생각한다. 하지만 남주가 '화냥년의 딸'이라고 쏘아붙이자 몹시 서러워한다. '여자는 누구나 결혼해서 남자에게 의지해 살아야' 한다는 혜숙의 말에 몽실은 결혼을 안 하고 혼자 살 수 있다고 한다. 몽실은 다부지게 '그러니까 시집을 안 갈래요.' 그러면서도 '여자는 왜 남자에게 매달려 살아야 하는 걸까?' 생각한다. 또 흑인 병사의 손을 잡고 이층으로 올라가는 금년이를 보고 몽실은 흠칫 놀란다.

> '금년이 아줌마는 아직 시집도 안 갔는데……'
>
> 몽실은 밤새도록 잠을 이루지 못하고 엎치락뒤치락했다. 가슴을 가라앉히려 해도 자꾸 울렁거린다.'
>
> 앞의 책, 264쪽

《몽실언니》 마지막 장은 몽실이 금년의 집을 나오고 30년 뒤로 훌쩍 건너뛴다. 그토록 시집을 가지 않겠다고 별러온 몽실은 늦게야 구두 수선공과 결혼한다. 시장 골목에서 자리를 깔고 장사를 하며 꼽추의 아내로 두 아이의 엄마로 살아간다. 세월이 흘러도 여전히 세상은 시끄럽고, 몽실은 인생의 가파른 고갯길을 넘어가고 있다.

부르르 다시 진동이 운다. 그 친구다.

근데 너 지금… 별일 없는 거지?

응, 왜?

아니… 소문이 들려서….

무슨?

너 별 거 한 다 고?

참 내, 웃기다. 다시 눈을 내리감는다.

몽실이는 결혼을 했다. 그런데 사랑은 해봤을까. 꼽추 남편을 만났을 때 울렁거리는 사랑을 해 봤을까. 가슴 시린 사랑을 해봤을까……. 생각 끝에 후우, 긴 한숨이 나온다. 그리고 권정생 선생이 유언장에 쓴 말이 떠오른다.

만약에 죽은 뒤 다시 환생할 수 있다면 건강한 남자로 태어나서 25살 때 22살이나 23살쯤 되는 아가씨와 연애하고 싶다. 벌벌 떨지 않고 잘할 것이다.

그래, 권정생 선생 다시 태어나《몽실언니》속살거리듯 간질간질하게 연애도 좀 걸며 살게 해주면 좋겠다. 몽실이도 벌벌 떨지 않고 잘해서, 그래서 복숭아꽃처럼 화사하게 피어나면 좋겠다……. 피시식 웃음이 나온다.

그래? 나 별 거 안 하는데… ^^

그치?

막걸리 장수가 별 건가??

ㅍㅎㅎ

ㅎㅎ

후루룩 문자 창을 닫고 전화기를 넣는다. 그놈의 소문이라니…….

그래도 만약 몽실언니 연애 건다면 소문내야지. 아주 이쁘게 연애한다고. 엉덩이를 깊숙이 묻고 등을 기댄다. 늦은 밤 전철은 잘도 달린다. 덜컹 덜컹 덜컹. 오늘도 나는 고양이 세수만 하고 잘 거다.

(2014, 7주기)

슬퍼하는 자는 복이 있다?

이희정

한국 전쟁에 맞먹는 참사가 재현되다

나는 전후에 태어났다. 어려서 부모님과 삼촌들에게 자주 들었던 이야기가 6.25전쟁 이야기다. 그네들은 모이면 한강 다리가 끊어지고, 일사 후퇴 때 피난 떠난 이야기 그리고 부산에서 피난살이 하던 때 이야기를 했다. 어린 나는 그때 왜 어른들은 같은 얘기를 저렇게 또 하고 또 하는지를 몰랐다.

트라우마는 사람을 서로 죽이는 전쟁터에서 살아 온 군인이나 고문 생존자나 세월호 참사와 같이 재난 현장에서 살아 온 사람이 겪는 재앙적 스트레스의 상흔을 일컫는 말이다. 트라우마가 있는 사람들의 공통적인 감정은 '죄의식'이라고 한다. 트라우마를 겪는 사람들은 재앙에서 살아남은 생존자뿐만이 아니다. 유가족과 희생자와 심리적 유대감이 가까운 사람 즉 희생자들의 죽음에 상당한 책임이 있다고 여기는 모든 사람들에게 나타난다고 한다.

6.25전쟁이 난 지 64년이 흐른 지금, 한국에 세월호 참사가 터졌다.

시민 모두가 진도 앞바다에서 세월호가 가라앉는 광경을 생중계로 며칠을 지켜보면서도, 300명이 넘는 아이들이 수장되고 있는데 아무것도 할 수 없었던 끔찍한 경험을 했다. 세월호 참사 후 공황과 무력감과 우울증이 찾아왔다. 어른들이 만든 세상에서 아이들이 죽어 가는 데도 지켜주지 못한 죄책감과 바다를 바라보며 아이들을 기다리는 부모들의 심정과 같은 슬픔에 휩싸여 헤어나질 못하고 있다. 정신과 의사 정혜신 씨가 말한 것처럼, 세월호 참사는 우리 사회에 다시금 한국전쟁과 맞먹는 트라우마를 안겨 줬다.

요즘 어느 모임엘 가도 세월호 얘기로 되돌아가곤 한다. 우리 사회 전체가 심리적 상흔을 입고 아파하고 있다, 이제 조금씩 구조 시스템이 마비된 원인과 이유를 캐고, 책임을 물어야 한다는 말이 나오고 있다. 정혜신씨는 국민적 트라우마의 치유를 묻는 질문에 심각한 신경증이 있지 않다면 이 슬픔에 적극적으로 참여하길 권했다. 함께 슬퍼할 수 있으면 많이 슬프지 않다며.

아직도 계속되는 전쟁의 상흔

권정생 선생님도 6.25를 겪었다. 일본에서 살다가 해방된 조국에 대한 기대를 가지고 돌아온 어린 권정생에게 기다린 것은 가난과 멸시였다. 해방된 나라는 미국과 소련으로 인해 남과 북으로 갈라서고 서로 다른 이데올로기를 가지고 동족 간에 전쟁이 벌어졌다. 한국전쟁으로 그는 고생고생하며 좋은 시절을 다 보내고 결국 끝엔 폐병까지 얻어 평생 병마와 싸워야 했다. 전쟁이 남긴 상흔을 몸으로 앓고 있던 권정생 선생님은 아픈 몸을 이끌고 〈강아지똥〉과 《몽실언니》 동화를 써내려갔다. 〈강아지똥〉을 통해 천하게 태어난 생명의 의미와 뜻을 묻고, 전쟁 고아인 몽실이를 통해 전쟁의 가슴 아픈 사연과 슬픈 이야기를 들려주었다. 어린 몽실이는 전쟁이 왜 일어났는지 묻지는 않지만 이후 동화에서는 전쟁이 난 까닭을 끊임없이 파고들었다. 우리가 겪은 전쟁의 원인이 투명하게 밝혀지지 않으면 트라우마가 치유되지 않기 때문이다. 남과 북은 한민족이라는 공통점이 있었지만 완전히 반대의 이데올로기를 가졌기에 서로를 인정할 수 없었다. 그래서 한국전쟁이 터졌고, 이데올로기 싸움에서 상처입고 터지고 아픈 것은 힘없고 가난한 사람들이었다.

아직도 남과 북은 적대감으로 갈등과 대립을 계속하고 있다. 사람들은 서로 같은 동족임을 알기에 통일을 바라고, 한 나라가 되길 원하고 말한다. 하지만 남과 북의 '다름'이 '틀림'으로 인식되는 순간, 그 휴전 상태는 여지없이 깨지고 다시 전운이 감돈다. 60년 전이나 지금이나 사람들에게 '다름'은 곧 '틀림'이 되고 있다. 남북 간의 문제뿐 아니라 일상에서조차 다름은 서로에게 일방적인 포용이나 받아들임을 강요한다. 아직도 서로 다른 견해와 문화가 삶을 풍요롭게 하고 사회를 건강하게 한다는 생각이 자연스럽게 정착되지 못하고 있다. 살아온 배경이나 현재 위치한 환경이 다르다면, 서로의 견해와 의견이 다를 수밖에 없음을 인정해 주어야 하는데 그렇지 못하다. 서로가 다름을 받아들이고 생산적인 말이나 행동을 하기가 참으로 어려운 것이 현실이다. 지금으로서는 남북통일에 대해 서로의 의견과 방법에 동의하지 못한다 할지라도, 서로의 다른 상태를 유지하는 것만으로도 대단한 일인 것 같다.

권정생 선생님은《몽실언니》를 통해 전쟁으로 인해 죽고, 병들고 고통 받았던 사람들을 기억하게 했다. 그들이 느낀 원한, 분노, 슬픔을 기록하고 남겨서 다시는 그와 같은 전쟁이 일어나지 않도록 하기 위해서. 남북 전쟁의 고통과 상흔은 그 시대만의 문제가 아니라 지금까지 우리 민족에게 유전되고 있다. 그리고 우리 자신의 시대를 향해 회복게 하는 새로운 길을 찾으라고 말하고 있는 것 같다.

슬퍼하는 자가 복이 있나니…

세월호 유가족들을 보면서, 댁 마당에 핀 붓꽃이 사람들 발에 밟혀 꺾인 것을 보고 마음 아파 하늘만 쳐다보았다던 권 선생님이 생각났다. 그분이 살아계셨다면 세월호 참사로 죽은 아이들을 생각하며 여전히 아니 영원히 슬퍼할 것 같다. 그런데 성경에는 슬퍼하는 자가 복이 있다고 말한다. 대단한 역설이지만 거짓을 말했다면 경전이 아닐 텐데, 내 머리로는 이해가 잘 안 된다. 가난하고 병들고 애통해하던 권정생 선생님은 정말로 복을 받은 걸까?

이번에 몽실이를 다시 읽으며 어린 몽실의 수동성(?)을 주목해 보았다. 몽실이도 꽃을 팔던 아이처럼, 남의 신세를 지지 않고 떳떳하게 자기 힘으로 무엇이든 해보려 했겠지만, 몽실이 처지에는 그것마저 허락되지 않았다. 자신이 할 수 있는 것이 아무것도 없어, 그냥 모든 것을 받아들일 수밖에 없었다. 그때 몽실이를 돌봐 준 것은 처지를 아는 이웃들이었다. 그들은 몽실이가 굶어죽지 않도록 먹여 주었고, 그래서 몽실이는 동냥으로 동생과 아버지를 먹일 수 있었다. 때론 거지로 식모살이하며 이웃의 돌봄을 받았고 동생들을 돌보았다. 그것을 사랑이라 부르긴 뭣하지만, 같은 처지의 사람들에게 느끼는 동질감과 혈연관계로 이어진 연대 의식, 그것이 몽실이가 어둡고 힘겨운 시간을 이겨 낼 수 있었던 힘이고 존재 이유가 아니었을까.

남들이 양공주라 하건, 검둥이 새끼라 하건, 화냥년의 딸이라 하건, 빨갱이라 하건 세상의 기준이나 판단이 그다지 힘을 발휘하지 않는 곳이 있다. 병들고, 가난하고, 천대받는 가장 낮고 천한 자리에 있게 되면 알게 되는 그 무엇인가 있는 것 같다. 갑자기 "슬퍼하는 자는 복이 있나니 저희가 위로를 받을 것이요." 하는 그 위로가 무엇인지 권정생 선생님께 묻고 싶어졌다.

(2014, 7주기)

권정생 선생님께

오진원

선생님, 어김없이 또 한 해가 지났습니다. 그동안 잘 지내셨는지요?

올 봄은 몹시도 추웠습니다. 5월이면 가끔은 한낮에 반팔을 입고도 땀을 흘리기도 했던 것 같은데, 올해는 긴 팔에 점퍼까지 입고도 서늘하기만 합니다. 밤에도 자다 말고 추워서 잠을 깨는 날도 있습니다. 어제는 결국 보일러를 틀고 잠을 청했어요.

해마다 날씨가 이상하다고는 하지만 올해는 특히나 심상치가 않습니다. 3월엔 유난히 기온이 높아지더니 모든 봄꽃들이 한꺼번에 꽃망울을 터트렸지요. 막상 그 꽃들이 필 때쯤엔 비바람이 불어와 한꺼번에 그 예쁜 꽃망울들을 떨어뜨렸지만 말이에요. 덕분에 올해는 봄꽃 구경도 제대로 하지 못했지요. 그리고 4월부터 지금까지 서늘한 봄이 이어지고 있습니다.

하지만 생각해 보면 올봄을 이렇게 서늘하게 보내는 건 날씨 탓만은 아닌 것 같습니다. 요즘 사람들 마음은 날씨만큼이나 서늘합니다.

선생님도 이미 알고 계실 거예요. 세월호가 차가운 바다 속에 잠긴 지 벌써 한 달이 다 되어 가고 있습니다. 온종일 뉴스를 보고 또 봐도 이해할 수 없는 상황만 자꾸 쌓여 갑니다.

서늘한 날씨, 서늘한 마음이 겹쳐서일까요? 몸도 점점 힘들어지는 것 같습니다. 처음엔 저만 그런가 했는데, 주위 사람들에게 물어보니 비슷한 경우가 많았습니다. 몸이 아프면 정신을 놓아 버리게 되는 것처럼, 정신이 아프면 몸도 같이 아픈 것 같습니다. 정신과 몸은 하나라는 것을 새삼 깨닫고 있습니다.

이번에 다시 읽은 《몽실언니》는 예전과는 참 다른 느낌으로 다가왔습니다. 《몽실언니》를 처음 읽었던 건 어린이도서연구회 신입 모둠을 할 때였습니다. 그때는 솔직히 몽실이가 답답하게만 느껴졌습니다. 어려서부터 고생고생 하더니 나이가 들어서까지도 고생스런 삶을 선택한 몽실이를 이해하기 어려웠습니다. 그리고 한참이 지난 뒤 다시 읽었을 땐 선생님이 《몽실언니》에서 어떤 말씀을 하시려고 했는지를 생각하게 됐던 것 같습니다. 몽실이의 삶도 처음처럼 답답하지만은 않았습니다. 힘든 세상 속에서 씩씩하게 살아가는 모습도 좋았습니다. 그 뒤로도 몇 번이나 《몽실언니》를 다시 읽었습니다. 볼 때마다 조금씩 몽실이가 좋아졌습니다.

그런데 이번에 읽을 때는 유난히도 몽실이의 아픔이 절절하게 다가왔습니다. 특히나 의지할 사람이라곤 하나도 없이 갓 태어난 난남이를 떠안은 채 전쟁이란 시련을 겪어냈어야 했던 몽실이의 아픔이 그대로 전해졌습니다.

요즘 세월호를 보는 저만 해도 이렇게 추운데, 몽실이는 얼마나 춥고 힘들고 아팠을지, 저로서는 상상할 수 없습니다. 제가 세월호를 보며 세상을 이해할 수 없다며 답답해하고 있지만, 몽실이가 살아내야 했던 세상은 훨씬 더 이해할 수 없는 세상이었습니다.

저는 지금 《몽실언니》를 보면서 몽실이가 이해할 수 없는 세상에서도 꿋꿋하게 세상을 살아낼 수 있었던 힘은 어디에 있었을까를 생각하는 중입니다. 반은 알 것 같기도 하지만 여전히 반은 잘 모르겠습니다. 어쩌면 죽을 때까지 그 답을 찾아가야 하는 것이라는 생각이 들기도 합니다.

괜히 옛날엔 가뭄이 들면 임금이 나라를 잘못 다스려 하늘이 벌을 내린 거라고 여겼다는 이야기가 자꾸 떠오릅니다. 가뭄은 사람이 어찌할 수 없는 일이었는데도 임금에게 책임이 돌아갔습니다. 그런데 요즘은 자신들이 저지른 일을 책임지는 사람들이 없는 것 같습니다. 특히 높은 사람이면 높은 사람일수록 말이에요.

선생님!

선생님은 어떻게 생각하시나요?

'답은 스스로 찾아내는 거지요.'

아마 선생님은 이렇게 말씀하실 것 같네요.

네. 그렇게 해보겠습니다. 답을 찾을 수 있을지 없을지는 잘 모르겠지만 말이에요. 그리고 내년엔 좀 더 밝은 이야기로 선생님께 소식을 전할 수 있었으면 좋겠습니다. 늘 우리를 지켜봐 주세요.

2014년 5월 8일

오진원 올림

(2014, 7주기)

엄마 잘못이 아니야

이기영

솔직히 몽실이 엄마가 밉다. 배가 고파서, 몽실이를 위해서 팔자를 고쳤다지만 사실은 몽실이 엄마 자신을 위해서였다는 생각이 들어 미웠다. 몽실이가 새아버지 집을 떠나 엄마와 이별을 하는 장면에서 몽실이 엄마는 몽실이 모습이 고개 너머로 사라지자 '하도 배고프고 어려워서 생각을 잘못했다'고 소리치며 북받치는 울음을 터뜨린다. 몽실이 엄마는 하도 배가 고파서 더 이상 몽실이 아버지와 살고 싶지 않았다. 그래서 도망 나왔는데 어린 딸을 다리병신 만들고 결국에는 헤어져 살게 되었으니 그제야 제 욕심만 부린 것 같은 생각에 북받치는 울음을 터뜨린 것이다.

그 울음 속에 얼마나 많은 자책과 후회가 묻어있을지 상상이 되지만 그렇다 해도 나는 몽실이 엄마가 미웠다. 그런데 골짜기 가득히 메아리치는 엄마의 울음소리를 듣고 몽실이는 입술을 꼭 깨물고 "엄마 잘못이 아니야. 엄마 잘못이 아니야……" 입속으로 수없이 뇌며 걸어간다. 고작 여덟 살인 몽실이가 "엄마 잘못이 아니야"라고 말하는 이 장면이 오랫동안 풀리지 않았다. 엄마가 아버지를 버리는 바람에 다리병신이 되었고 다시는 엄마 아버지와 함께 살 수도 없게 되었는데 몽실이가 엄마 잘못이 아니라고 하는 것이 너무 애어른 같은 게 억시 스러웠다.

그런데 이번에 《몽실언니》를 다시 읽으면서 보니 몽실이 엄마가 남편을 버리고 김 주사에게 간 것이 '1947년 봄'이다. 1947년 봄, 몽실이는 경상북도 산골 살강마을에 살고 있었다. 그리고 그때 열한 살이었던 권정생도 경상북도 산골마을에 살았다.

권정생이 일본에서 건너와 처음 터를 잡은 곳이 하필 굶어죽는 사람이 전국에서 가장 많고 좌우의 대립이 가장 극렬했던 경상북도 산골마을 청송이었다. 그때 소년 정생은 너무 놀랐다. 해방이라고 고향을 찾아왔는데 갈 곳이 없어 겨우 찾아간 외가마을 청송은 일본에서보다 굶어 죽는 사람이 더 많았다. 게다가 '가난한 사람이 없는 나라를 만들자'고 하는 청년들을 경찰들이 잡아 가두며 전쟁터가 따로 없었다.

1947년 봄, 소년 정생은 며칠씩 굶주렸고 전쟁 같은 어지러운 세상이 이상하기도 하고 무섭기도 했다. 칠십 평생으로 치면 '고작'에 불과하겠지만 소년에게는 그 해 봄에 겪은 굶주림과 공포가 몸속 깊숙이 박혀 평생 빠지지 않는 아픈 가시가 된다.

남편을 버리고 떠난 것이 '1947년 봄'이었다는 것을 생각하고 보니 몽실이 엄마 밀양댁이 "하도 배고프고 어려워서……"라고 소리치며 울음을 터뜨리는 장면이 다시 보였다. 굶어죽지 않으려고 바가지를 들고 구걸을 해다 먹는 사람이 어디 몽실이 엄마뿐이었겠는가. 몽실이 엄마는 거지도, 굶어죽는 사람도 가장 많았다던 1947년 봄 경상북도 산골마을에서 아이들을 데리고 굶어죽지 않으려고 처절한 몸부림을 쳤다. 그러나 아들 종호가 죽었다. 이름 모를 병으로 시름시름 앓다 죽었다 하지만 못 먹어 죽은 것이다. 굶주려 죽은 것이다. 그런 생각이 들자 몽실이 엄마는 남편을 버리고 그 산골마을을 떠나기로 결심한다. 그래야만 몽실이만이라도 살릴 수가 있는 것이다. 몽실이마저 굶어죽게 할 수는 없었다.

여섯 살밖에 안된 어린 나이였지만 몽실이는 자주 집을 비운 아버지 대신 홀로 굶주림과 사투를 벌이던 엄마를 기억하고 있었다. 그런 엄마를 두고 뭐라고 원망할 수 없었다. "엄마 잘못이 아니야……." 이 말은 그래서 나올 수 있었던 것이다. 굶주림으로부터 도망치는 몽실이 엄마 '밀양댁'은 권정생 몸속 깊숙이 박혀있는 아픈 가시에서 나온 것이었다.

권정생은《몽실언니》를 쓰면서 많이 아팠다고 했는데 그 말뜻을 이제 조금 알 것 같다. 1947년 봄 굶주림의 고통이 전쟁의 아픔으로 이어진《몽실언니》는 권정생의 아픈 가시를 건드려 더 아프게 했다. 권정생은 1장을 본격적으로 시작하기 전에 그 이야기를 배경 설명으로 써놓았는데 나는 이제야 그게 보였다.

(2014, 7주기)

우리 시대 몽실이

이주영

1984년 4월 25일, 창비에서 《몽실언니》가 태어난 날입니다. 1981년에 울진에 있는 작은 교회 주보에 3회쯤 쓰다가 《새가정》으로 옮겨 신게 되었으니, 애를 밴 지 3년 만에 태어난 거라고 볼 수 있겠네요. 올해는 《몽실언니》가 태어난 지 올해로 꼭 30주년이 되는 해입니다. 나이로 치면 서른이지요. 《몽실언니》가 참 어렵게 태어나서 서른 살이 되는 지금까지 살아온 삶을 보면, 그 삶 또한 참으로 팍팍하다 싶어요.

우선 《몽실언니》는 태어날 때부터 주인공 몽실이처럼 절름발이로 태어나지요. 주인공 몽실이는 새아버지가 내던지는 바람에 넘어지고, 그 위에 어머니가 겹쳐 떨어지면서 다리병신이 되었지요. 《몽실언니》는 어머니 뱃속에서 잉태되기 전에 이미 권정생 선생님 스스로 마음속으로 '그래도 이제는 이 정도는 써도 되겠지'라고 미리 자기 검열을 하고 썼어요. 그런데도 10회 때 10장이 잘려 나갑니다.

여기저기가 잘려 나갔어요. 인민군 언니가 쌀 갖다 주고 몽실이 잘 있으라고 이야기를 해주고 가는데, 검열에 걸려서 칼질당한 거지요. 그 다음에 인민군 오빠하고 대화 좀 하고, 다시 올라오면서 이다음에 통일되면 우리 집에 찾아오라고 주소를 남기는 이야기도 빼야 했고요. 그러니 그 청년이 올라가다가 길이 막히는 바람에 지리산에서 내려와 빨치산이 되는 과정까지 쓰려고 했는데, 못 쓰게 돼 버렸답니다.

> "내가 읽어도 그 몽실이가 중간에 어색한 데가 있거든요. '꿈속의 두 어머니' 보면 스무 장밖에 안 돼요. 열 장이 잘려 나갔죠. 그래가지구 분단에 대한 거, 전쟁에 대한 거 절실하게 쓰려고 했는데 그게 안됐죠. 그래도, 그때만 해도 그만큼만 해도 됐다구요."
>
> 《어디 아파서 열이 나는 줄 아냐. 이 똥개야!》, 아리랑나라, 2005, 313쪽

그때만 해도 그만큼만 해도 됐다고 하지만 사실 당시 그만큼 쓴다는 건 목숨에 위협을 느낄 수 있는 일이었지요. 권정생 선생님이 다니던 교회에서 자기가 주관하는 여름 성경학교를 알리는 마을에 포스터를 붙였는데, 그 포스터에 '동무들아 나오너라'는 문구가 있다고 경찰이 와서 떼라고 했다고 하더군요. 그 시대 내가 들은 이야기도 있는데, 어느 다방에서 홍보용 성냥갑에 피카소 그림을 넣었다가 정보과에 끌려가 곤욕을 치르고 나왔다고 해요. 피카소가 공산주의자였는데, 그 다방 주인이나 홍보용 성냥갑을 만들어 준 사장이나 모두 피카소가 공산주의자인 걸 모르고 그림을 사용했던 것이지요. 1984년인가? 그 무렵 서울 어느 초등학교에서는 도덕 시간에 공산주의와 자본주의가 맞서는 말이고 민주주의와 독재주의가 맞서는 말이라고 낱말 뜻을 풀이해 준 담임교사를 학부모가 고발해서 해임되기도 했어요.

1989년인가? 강원도 횡성 한 초등학교에서는 교사 해임 사유 가운데 하나가 어린이도서연구회 발간 자료와 권장도서를 마련해 두었다는 거였지요. 그런 시대에 전쟁과 분단 그 뒤에 도사리고 있는 문제를 비판하고, 전쟁 중에 몽실이와 같은 수많은 어린이들이 보고 듣고 겪은 일을 사실 그대로 쓴다는 건 결코 쉬운 일이 아니었지요.

《몽실언니》는 이렇게 태어나기 전에도 이미 불구였고, 예정했던 원고지 1,000장 분량에서 300장이 빠지는 700장으로 마감되었다고 해요. 칠삭동이, 칠푼이로 태어난 것이지요. 이렇게 온전하지 못하게 태어났는데, 자라면서도 많은 어려움을 겪었어요. 당시는 서울 큰 서점에서도 어린이책을 파는 자리가 거의 없었고, 지역 서점에서는 서적상연합회인가에서 어린이책을 참고서와 같이 일괄 공급을 했어요. 따라서 창비를 비롯한 사회과학 서적을 내는 출판사에서 내는 어린이책은 동네 서점에서 팔수가 없었지요. 그런 책을 받으면 서적상연합회인가에서 참고서 공급을 끊어 버리기 때문이었어요. 또 갖다 놓아 봐야 실제로 몇 권 팔리지도 않았을 거고요. 책으로 태어났어도 서점에 진열을 못 하면 독자를 만날 수 있는 기회조차 원천봉쇄를 당하는 겁니다. 서적상연합회에 가입되어 있지 않은 서점, 그러니까 사회과학을 팔기 위해 운동권 출신들이 만든 서점에서만 팔아야 했어요. 그래서 교사 모임이나 연수 때 창비에 가서 책을 받아서 들고 다니며 팔고, 지방 선생님들한테는 우편으로 발송했어요. 출판사에서 70%에 받아오기는 했지만 100권을 갖다 팔면 책값은 반도 못 건질 때가 많았지요. 그냥 선물하는 경우도 많았지만 못 받은 경우도 많았어요. 그렇게 빠진 돈은 내가 채워서 넣어야 했어요. 그래도 보겠다고 보내 달라고 하는 것만도 좋아서 열심히 팔았지요. 점점 교육운동이 활발해지고, 그만큼 일이 바빠지면서 직접 책을 사다 파는 일이 힘들어졌어요. 그래서 당시 창비 김윤수 사장님한테 부탁을 했지요. 나한테 소개받았다고 하면 창비에서 직접 70%에 보내주기로 했어요. 그래서 나는 주로 책과 구입 방법을 알리기만 하면 되니까 좀 편했어요. 1984년 무렵 상황이 그랬어요.

그렇게 열심히 보급하고 있는데, 1985년부터 언론에 '아동문학에도 용공 침투'라는 보도가 나기 시작했어요. 그 대표작가로 이오덕과 권정생, 대표 작품으로 《몽실언니》가 거론되었던 거지요. 그 무렵부터 이오덕을 비판하는 아동문학 단체나 아동문학 작가들이 기고문이나 좌담을 통해서 1990년대 초반까지 계속 좌경용공을 들먹거렸어요. 1987년에는 문교부에서 학교 도서관에 《몽실언니》가 있는가 확인하고, 있으면 빼라는 공문을 전국 각급 학교에 보내기도 했어요. 하도 기가 막혀서 그 공문을 빼내서 보관했어요. 언젠가는 이런 짓이 얼마나 문학이 뭔지 모르는 무식한 짓이고, 반교육적인 폭력인지를 고발할 수 있는 자료라고 생각했어요. 아니 그런 세상을 꼭 만들고 말겠다고 생각했지요. 그런데 1997년 여름 홍수 때 반지하에 있던 내 책방이 반이나 물에 잠기는 바람에 수많은 자료가 훼실된 게 너무나 아쉽네요. 그런데 어쩌면 1980년대 그렇게 언론이나 정부에서 《몽실언니》를 탄압해서 더 널리 알려주었구나 생각해요. 내가 보기에는 《점득이네》(창비, 1990)도 《몽실언니》나 비슷한 작품인데 《몽실언니》 견주면 너무 알려지지 않았던 걸 보면 그래요.

1990년대가 되면서 MBC에서 연속극으로 만들었는데, 《몽실언니》와 《점득이네》를 적당하게 섞어서 만들었어요. 그걸 보고 권정생 선생님이 '이건 아니다'라면서 반대하지요. 그래서 대충 얼버무려서 예정보다 일찍 끝냅니다. 그래도 그 연속극 때문에 《몽실언니》를 더 많은 사람들이 보게 되기는 했는데, 이번에는 학부모들이 항의를 하는 거예요. 내용이 너무 슬프다고, 이렇게 슬픈 이야기를 왜 아이들한테 권하느냐고, 아이들이 이렇게 어둡고 가슴 아픈 동화를 읽어도 되냐고 항의를 하는 거예요. 그 무렵만 해도 내가 강의 갈 때는 《몽실언니》를 한두 권 들고 가서 홍보하면서 선물을 하기도 했는데, 청중 가운데서는 이미 읽은 어머님들이 있었던 거지요. 나한테만 항의하는 게 아니라 직접 권정생 선생님한테 편지를 써서 항의하는 어머님들도 있었다고 해요. '슬픈 이야기만 말고 스물네 시간 웃고 살 수 있는 그런 보람 있는 동화를 써 달라'는 아이들 편지도 받았다고 하고요.

권정생 선생님도 《몽실언니》 같은 걸 쓸 때 아팠다고 합니다. 그런데 아이들한테서 그런 이야기를 들으니 '괜히 아이들 울리고 고통 주는 건 아닌가'하는 생각도 들었답니다. 그래서 조금 웃으면서도 그러나 무언가 문제의식은 줘야겠다 싶었다고 합니다. 《팔푼돌이네 삼형제》(현암사, 1991) 《하느님이 우리 옆집에 살고 있네요》(산하, 1994) 같은 작품을 보면 그 말이 이해가 돼요. 그래도 《몽실언니》를 만나는 독자는 해마다 꾸준하게 늘어납니다. 그러다 1997년 IMF가 터지면서 갑자기 평소보다 배나 더 팔렸다고 하거든요. 대중화되는 시기지요..

"이상하다. 이거 아이들이 샀을까? 엄마들이 사다 줬을까? 엄마가 사다 줬을 것 같아요. 어떤 엄마는 그래요. 갑자기 어려워졌는데《몽실언니》가 방부제 역할을 하는 것 같아 고맙다고, 편지가 왔더라구요."

앞의 책, 304쪽

어머님들이 책을 사다 자녀들한테 권하기도 했겠지만 자기가 먼저 읽고 울었겠지요. 그걸 보고 따라 읽은 아이들이 울고, 그랬을 겁니다. 문학 작품을 읽고 울 수 있다는 건 참 좋은 거예요. 사람이 어떻게 웃으면서만 살아요. 울면서도 살아야지요. 울어야 할 때 울지 못하거나 울지 않으면 그게 사람인가요? 기계지요. 그 무렵부터 배가 넘게 팔리기 시작한 거는 IMF 영향도 있지만 어린이도서연구회 동화읽는어른모임이 전국 각 시군구 단위 지회까지 확산되면서, 곧 어린이도서연구회 회원이 갑자기 늘어나는 현상과 맞물려 있다고 봐요. 그 시기부터는 학급문고나 학교 도서관이나 공공도서관에 어린이도서연구회 권장도서가 없으면 생각 없는 도서관, 시대에 뒤진 도서관이라는 말을 들을 정도로 상황이 바뀌었으니까요.

이렇게 태어나기 전부터 이 땅을 억누르는 폭력에 몸이 여기저기 잘리고, 칠삭동이로 태어나서도 오랫동안 억압과 모략을 당하면서도 죽지 않고 잘 살아나 이제 만 서른 살이 되었네요. 사실 2000년에 개정판을 낼 때 잘려나가거나 줄거리가 바뀌면서 쓰지 못한 300장 분량을 다시 써서 넣어 주면 좋겠다는 의견을 전해 드리기도 했고, 권정생 선생님도 그럴까 생각하다가 손대지 않고 개정판을 냅니다. 태어났으면 태어난 그대로 살아가게 두는 게 맞겠다고 생각하신 겁니다. 오늘 돌이켜 생각해보니 지금《몽실언니》그 자체가 이 세상 폭력을 증언하고 있는 거구나 하는 생각이 듭니다.

작년에 100만부 발행 기념 잔치를 했는데, 그때 기념사업으로 '우리 시대 몽실이'를 찾아보자고 했습니다. 지금 우리 시대에도 수많은 몽실와 점득이가 살아가고 있으니까요. 저는 요즘 강의에서는《몽실언니》가 60년 전 이야기지만 그 본질은 이 시대에도 똑같은 이야기를 들려주는 작품이라고 소개합니다. 이혼율이 세계 1위라고 할 정도로 많은 이혼 그리고 재혼 가정, 경제가 양극화되면서 해체되는 가정이 많은 시대잖아요. 더구나 다문화 가정이 급속도로 늘어나고 있고요. 그러니 몽실이처럼 아버지가 다른 동생이나 어머니가 다른 동생이나 다 소중한 동생으로 받아 주는 이야기로 힘을 얻고 위로받을 아이들이 늘어나고 있으니까요. 어른들한테 보호받는 어린이가 아니라 어른을 보호하거나 스스로 동생을 보살피면서 살아가야 하는 아이들이 많아지고 있잖아요. 그러니 우리 시대 몽실이를 살펴보고, 우리 시대 몽실이를 찾아보고, 우리 시대 몽실이들을 살려낼 수 있어야 하겠습니다. 우리 시대 몽실이들을 생각하니 몸이 떨리네요. 몸이 아파요.

(2014, 7주기)

내게 오신 작은 하느님

김연희

기적이 없어진 세상이라고 한다. 기적이란 상식으론 생각할 수 없는 아주 기이한 일이란다. 하기야 상식이 뭔지조차 헷갈리는 사회에 살면서 기적을 꿈꾼다는 게 말이 안 되는 것 같기도 하다. 그래도 나는 아주 가끔씩이나마 하느님이 하늘에서 굽어보시며 잊을만하면 한 번씩 기적 이벤트를 펼치며 그 존재를 과감히 드러내 주시길 진심 바란다. 그런데 요즘 들리는 말에 의하면 그 하느님이 하늘에 계시진 않는단다. 힘들게 살아가는 사람들과 함께 살아보기 위해 이 땅 위에 내려오셨다고 하는데 좀체 그 모습을 알아보기 어렵단다.

《하느님이 우리 옆집에 살고 있네요》를 읽고 나면 사람들을 슬며시 쳐다보게 된다. 혹시 저 사람이?

땅 위에 내려오신 하느님은 어떤 모습일지 궁금하다. 책에서처럼 여전히 가난하고 맘 약한 늙은 할아버지인지 아니면 이삼십 대의 취업 준비생인지 나 같은 갱년기 아줌마인지 아파트 장터에 목요일마다 오는 돈까스 아저씨인지 겉모습만 보아선 도무지 알아차릴 수가 없다. 근데 어느 날 퍼뜩 하느님은 먼 데 있지 않고 바로 내 가까이에 있다는 깨달음이 들었다. 그것도 일곱 살 어린아이의 모습으로, 무려 스물

여섯 명의 모습으로 말이다.

그러고 보니 《하느님이 우리 옆집에 살고 있네요》 속 하느님과 일곱 살 아이들은 닮은 데가 많다. 솜사탕과 떡볶이와 인절미를 좋아하고, 괜한 고집 부리다가도 제풀에 지쳐 슬쩍 넘어오고, 울기도 잘하고, 맘이 약해 이러지도 저러지도 못할 때가 많고. 궁금한 것도 많고…….

유치원에 잠시 잠깐 터 잡으신 하느님은 좋아하는 음식만 골라 드시고, 비 온 다음날엔 모래더미에서 수로를 만드시며 창조의 기쁨을 누리시고, 꽃잎이 휘날리는 나무 아래 두 팔 벌려 서서 아름다움을 찬미하시고, 뜨거운 태양 아래 땀이 삐질삐질 나도록 운동장을 뛰어다니며 체력 단련하시고, 수북하니 쌓인 낙엽 위에서 겅중겅중 춤추시며 환희의 기쁨 누리신다. 이 작은 하느님들을 섬기려 드니 기운이 달릴 때가 한두 번이 아니다. 까르르 터지는 웃음소리만으로도 덩달아 웃음 짓게 해놓고 금방 돌아서서 다른 아이의 귀를 막대기로 쑤셔 내 두 다리를 후들거리게 한다. 참으로 변화무쌍한 모습으로 내게 오시는 작은 하느님이다. 그러나 무엇보다 힘든 것은 이 자그마한 하느님이 매일같이 나를 시험에 들게 한다는 거다.

"난 나가기 싫은데 나만 교실에 있으면 왜 안 돼요?"

"왜 블록으로 총 만들어서 싸움놀이하면 안 돼요? 재미있는데요."

"난 재랑 짝하는 거 싫어요. 다른 애랑 하고 싶어요! 왜 안 되는데요?"

"바닥에 누우면 왜 안 돼요? 되게 따뜻한데."

"작은 멸치가 불쌍해요. 먹어야 돼요?"

이 어린아이 모습 하느님은 시시때때로 말이 되는 듯, 아니 되는 듯 이런저런 질문을 퍼부으며 나를 혼란에 빠뜨린다. '왜요? 왜요?' 질문에 답하다 보면 말하면서도 나조차 참으로 궁색한 설명이나 변명이 많다.

어린아이의 입을 빌어 하느님은 내게 묻는다. 정말로 그렇게 생각해, 그게 옳은 거야, 누가 그래, 다르게 생각할 수 있잖아. 그걸 누가 정했는데. 깜찍하지만 피곤한 하느님이다. 그런데 이것이 내가 이 어린 하느님들과 함께 하는 이유이기도 하다. 묻고 또 물어주는 하느님. 고개를 갸우뚱거리며 다시 생각하게 만드는 작은 하느님. 어느 누가 나에게 이처럼 지치지도 않고 쉼 없이 물어봐 주겠는가. '네가 생각하는 게 옳아? 제대로 살고 있는 거 맞아?'라고 말이다.

(2016, 9주기)

이놈의 세상 아살박살내 버려야지

이주영

오랜만에 책을 다시 읽었다. 이사한다고 집에 갖고 있던 책을 여기저기 동네도서관에 보내서 없다. 사러 가야지, 가야지 하면서도 못 가다가 5월 1일 노동자의 날에 시내 서점에 나가서 새로 한 권 사 들고 전철 타고 돌아오면서 읽었다. 읽는 내내 새롭고, 내 기억이 얼마나 허망한 것인지 새삼 느꼈다. 또 구석구석 숨어 있는 풍자와 해학이 감칠맛이 났다. 그래도 다 읽고 책을 덮었을 때, 전철에서 눈을 감고 조용히 세상을 생각할 때, 가장 머리에 강렬하게 남아서 맴도는 말이 "이놈의 세상 아살박살내 버려야지."라는 하느님 말씀이었다.

구(九)자 한 자나 들고나 보니
구세주가 와도 구속될 판

70년 대 대학가에서 부르던 각설이 타령 가운데 한 구절이다. 막걸리 먹다가 박통이 어쩌구 저쩌구 떠들다 국가원수 모독죄로 잡혀가고, 대학 교정 나무 아래 누워서 희망가 부르다 잡혀가고, 길거리에서 포장마차 하다가 잡혀가던 시절이었다. 《하느님이 우리 옆집에 살고 있네요》에서도 각설이 타령처럼 예수님이 하느님과 함께 이 땅에 내려왔다가 구속된다. 비닐 천막집에서 살다 철거반들 몽둥이에 맞아 다치고, 도시 변두리로 나가 강가에 천막치고 사느라 어렵게 취직한 청소부도 못하게 되고, 먹고 살기 위해 길거리에서 장사를 시작했는데, 그 장사도 얼마 못 하고 철거반들한테 대들다 죽사발나게 두들겨 맞는 털보 아저씨를 거들다 잡혀간 것이다.

"그 앤 와 안 오는 거요"

하느님이 물었습니다.

"잡혀 가 버렸소."

"잡혀 가다니?"

"길에서 장사한다고 붙잡아 간 거요."

"길에서 장사하면 잡아 가는 거요?"

하느님은 처음 듣는 소리여서 어리둥절하기만 했습니다.

《하느님이 우리 옆집에 살고 있네요》, 산하, 1994, 118쪽

먹고 살 길이 없어 길거리에서 장사하는 사람들을 단속반들이 쫓아내고, 짓밟히고 부서지는 물건을 보다가 참지 못하고 대들면 공무집행방해죄로 잡아가고, 없는 돈에 벌금 내지 못하면 벌금만큼 구류를 살면서 강제노역을 해야 한다. 이런 세상을 보다보다 하느님이 아들 예수님한테 조용히 묻는다.

“그러니까 말이지 이쯤 해서 세상 끝장내어 버리면 어떻겠나?”
“세상을 끝장내 버리다뇨?”
“성경책에 씌여 있는 말대로 심판을 해버리면 어떻겠냐 말이다.”
하느님은 탁자 위에 얹어 놓고 있던 손을 꽉 그러쥐며 예수님 얼굴을 똑바로 쳐다보았습니다.
“아버지께서 그렇게 하시겠다면 저도 찬성하겠어요. 세상이 점점 나빠지고만 있으니까요.”
“그럼 오늘밤에라도 일을 해치우자꾸나. 이놈의 세상 아살박살내 버려야지.”

앞의 책, 129쪽~130쪽

아살박살내 버리자는 하느님 말에 아들 예수님이 공감하면서도 그렇게 하면 억울한 사람들까지 다 죽을 텐데 어떻게 하냐고 돌려서 막는다. 밤새 고민하던 하느님이 혹시 할아버지께서 최후의 심판 때 지옥에 갈지 천국에 갈지 걱정하시는 것 아니냐는 공주 질문에 “아, 아니다. 할애비는 그런 최후의 심판 같은 것 모른다.”며 화들짝 놀란다. 공주가 마치 벌거벗은 임금님에 나오는 어린이 같다.

이 책이 1994년에 나왔으니 22년이 되었다. 22년이 지난 지금 하느님이 이 세상을 보신다면 어떤 마음이 드실까? 또 “이놈의 세상 아살박살내 버려야지.”라면서 주먹을 그러쥐실 것 같다. 이번에도 예수님이 옆에서 말려 주실까? 예수님이 말리시면 또 억울하고 불쌍한 사람들을 생각해서 참아 주실까? 아니면 이제는 정말 아살박살내고 새 세상을 만들어 보자고 해야 할까?

(2016, 9주기)

그냥 그렇게 산다는 것

윤경희

하느님이 바람에 날려 왔다. 수박밭에 떨어졌다. 떨어지며 엉덩이로 수박을 박살냈다. 하느님과 예수님은 깨진 수박으로 허기진 배를 채우고 완전범죄를 위해 수박 껍질을 양손에 쥐고 도망쳤다. 어떤 기적도 능력도 부리지 않고 사람과 똑같은 모습으로 살아 보려는 하느님과 예수님의 고단한 삶이 시작된다.

하느님과 예수님은 버스에 실려 서울로 갔다. 무허가 천막촌에서 만난 과천댁이 하느님의 구세주다. 이북에서 홀로 넘어와 산전수전 겪으며 혼자 살아온 과천댁의 억척과 인정이 아니었다면 하느님은 이 세상에 발붙일 수 없었을 테다. 과천댁 덕분에 아버지 주대용과 아들 주길수는 산동네 지하방에라도 몸을 누이게 되었다. 여기에 길에서 예수님을 따라온 고아 아이 공주가 하느님을 완전한 사람으로 불러주었다. 공주는 과천댁을 할머니로, 하느님을 할아버지로, 예수님을 삼촌으로 만들어 주었다. 하느님이 얼떨결에 가장이 되었다.

혼자서는 아무것도 못하는 어린 노인네가 되어 버린 하느님이 이대로 살 수는 없다고 맘먹고 뜻을 세워 보지만 번번이 꺾이고 만다. 시골로 내려가서 살려고 했더니 가족투표에서 참패를 당했고, 성경에 있는 대로 심판을 내려 볼까 했더니 도대체 좋은 사람 나쁜 사람의 기준을 잡을 수 없어 못했다. 사람으로 살자고 약속했기 때문에 연탄가스로 죽어 가는 아이를 앞에 두고도 기적을 일으킬 수 없었다. 세상살이가 너무 힘들어서 하늘로 올라가 버리고 싶지만 과천댁과 공주 때문에 그럴 수도 없다. 쓸모없는 하느님이 아닌가!

그런데 오늘은 내 마음이 이 무능한 하느님에게 꽂혔다. 진짜 하느님으로 보였다. 아들 예수의 말대로 '아버지는 어디까지나 거룩하고 성스럽게 말없이' 계셨는데 사람들이 제 편한 대로 하느님의 모습과 능력을 만들어 놓고는 해달라고 매달리고 안 들어줬다고 원망했던 것은 아닐까? 하느님이 자신과 같게 사람을 만들었다고 하니 우리가 말없이 만들어진 대로 살면 하느님의 뜻에 맞는 것 아닐까? 그러면 세상이 아무 문제 없이 자연의 모습으로 사람의 모습으로 이어갈 텐데 욕심내고 고집부리고 나쁜 힘을 쓰니까 세상이 어그러졌다. 그래서 권정생 선생님이 하느님을 우리 옆집에 오시게 했나 보다. 다시 잘 보고 따라해 보라고.

종교로서 하느님을 만난 적이 없는 나는 우리가 사람답게 사는 것, 자연의 섭리대로 사는 것이 하느님의 뜻이라는 것을 권정생 동화에서 배웠다. 빛나는 별을 꿈꾸는 민들레의 소망을 들으며, 세상살이 답답해서 속을 긁어낸 고등어처럼 날아가고 싶다며 휘청거리는 용칠이 아저씨를 보며, 아버지에게 총부리를 겨눌 수 없는 복식이의 죽음에 울며 사람답게 사는 것을 읽고 얘기했다. 감동만큼 권정생 선생님에 대한 존경과 지식이 쌓였다. 쌓인 존경과 지식만큼 반성과 불편함도 커졌다. 그런데 10년 넘게 권정생 선생님을 동화로 만나 보니 선생님은 좋은 일과 나쁜 일을 따지는 사람이지 어떤 기준을 잡아 사람을 가르고 야단치는 사람은 아닌 것 같다. 게다가 사람답게 살라는데, 자연스럽게 살라는데 왜 불편해야 하나? 선생님은 아이들도 불편한 동화를 읽어야 한다고 했지만 동화를 읽고 불편하라고 하지는 않았다. 말귀가 어두워 못 알아챈 것 같은데 그게 무엇인지 답답할 때 주대용 하느님을 딱 만났다. 아무것도 하지 못하는 하느님이라니! 하느님이지만 사람으로 살기로 했으니 바람에 날려 온 곳에 놓여진 대로 주어진 대로 사람으로만 살았다. 그러고 보니 권정생 동화가 다 그랬다. 똘배는 똘배로 살았고, 거지는 거지로 살았다. 몽실이도 그냥 그렇게 몽실이로 살았고 점득이도 그냥 그렇게 점득이로 살았다. 권정생 선생님도 그랬다. 선생님은 가난했고 아팠고 외로웠고 슬펐다. 왜냐면 선생님이 바람에 날려 떨어진 곳이 그런 곳이었으니까.

우리가 실려 온 바람이 시작된 곳. 그곳으로 돌아갈 때 우리는 모든 것을 내려놓고 편히 가게 해달라고 기도한다. 그냥 나로서 살면 다 편한데 남처럼 살려 애쓰다가 마지막에 갑자기 모든 걸 내려놓게 해달라고 기도하니 하느님도 참 어이가 없을 것이다.

'그냥 그렇게 산다는 것'이 내게 어떤 의미로 자리 잡아 갈지 아직 모르겠다. 어쩌면 '이게 아니다.' 싶을 수도 있고 '못하겠다.' 싶을 수도 있다. 하지만 하느님을 옆집에서 만났으니 따라해 볼 수 있지 않을까.

(2016, 9주기)

꿈을 꾸는 동안

김미자

《하느님이 우리 옆집에 살고 있네요》, 이 책은 내가 1995년 어린이 도서연구회에 들어가 동화를 읽기 시작하면서 사 모은 책들 중 하나입니다. 그때 나는 책을 읽고 동무들과 나눈 이야기들이나 새로 알게 된 사실들을 동화책 한쪽에다 열심히 적어 놓았네요. 20년 가까이 우리 집 책꽂이에 자리를 옮겨 가면서 잘 꽂혀 있는 이 책을 꺼내 읽다 보니 그때 따뜻했던 시간들, 동화들, 사람들이 떠오르며 내 마음 한쪽이 짜르르 해옵니다.

동화책을 펼치면 본문 군데군데 내가 그어 놓은 밑줄들이 있습니다. 그때 무슨 이유로 거기 그 문장에다 줄을 그었을까 생각해 보니, 알겠습니다. 내 오랜 친구 하나가 교회를 나가지 않는 나를 늘 안타까워했고, 나는 나대로 그 친구의 종교적인 생각이나 거기서 오는 말이 맘에 들지 않았던 때가 있었습니다. 그때 이 동화가 내가 하고픈 말을 대신 해주는 것처럼 반가웠습니다. 동화 속에서 한국 기독교인들의 말이나 믿는 모습을 보고 정작 하느님은 어리둥절해 합니다. 아들 예수와 함께 한국 땅에 내려온 하느님은 사람들이 다니는 교회를 나갑니다. 기독교 신자들이 교회에 모여 하느님께 기도하고 구원을 비는 모습을 진짜 하느님이 구경하는 장면이 재미납니다. 진싸 하느님과 아들 예수는 땅으로 내려와 3년 가까이 살면서 불쌍하고 안타까운 이들을 많이 봅니다. 그러나 이를 어쩌지 못합니다. 심지어 연탄가스를 맡아 죽어 가는 어린아이를 하느님은 눈앞에서 바라볼 뿐입니다. 사람 사는 세상에 있는 슬픔이나 괴로움, 비극들을 하느님이나 어떤 특정한 인물이 바꿀 수 있는 문제가 아닌 것이지요. 책 속에서 하느님은 바꿀 수도 없는, 함부로 바꾸어서도 안 되는 인간 세상의 고통 때문에 스스로 미안해하고 슬퍼하다가 결국에는 병이 납니다. 병이 들어 일주일 가까이 누워 있는 하느님 옆에 다섯 살 여자아이 공주가 있습니다. 하느님은 아픈 몸을 하고 자리에 누워 공주랑 수다를 떱니다. 지금 사는 집이 지하방이다 보니 이 두 사람은 낮에는 볕이 잘 들어오는 집, 밤에는 별이 잘 보이는 5층 아파트쯤에 살고 싶어 합니다. 창문을 크게 하고, 밤에는 그 창가에다 푹신한 소파를 가져다 놓고 아이스크림을 먹자고 합니다. 그리고 공주는 하느님 할아버지에게 반달 노래를 불러 줍니다. 그러는 중에 "하느님 몸에서는 열이 내리고 병이 나았습니다."

올 3월에 친정 형제들이 큰맘을 먹고 팔순 부모님과 함께 제주 여행을 다녀왔습니다. 오래전부터 몸이 불편한 엄마에게 비행기 여행은 무리라고 아예 생각조차 안 하고 몇 년을 지냈습니다. 그러지 말걸 그랬습니다. 비록 엄마가 휠체어에 앉아 비행기를 타느라 여러 사람에게 폐를 끼치고, 몇 번 조마조마한 순간도 있었지만, 밖에 나가 보니

집에서 생각할 때보다 훨씬 더 많은 도움의 손길이 있었습니다. 덕분에 엄마는 비행기를 무사히 타고 내려 제주도에 잘 다녀왔습니다. 한 가지 안타까운 점이라면 가족들이 제주도 유채꽃밭 길을 걸을 때, 바닷가 훈풍을 맡으며 서 있을 때, 엄마는 휠체어에 앉아 줄곧 눈을 감고 주무셨습니다. 평소에 집에서 하루를 그렇게 주무시며 지내는 것이지요. 여행 내내 엄마를 보살피는 언니들은 그런 엄마를 보며 걱정이 많습니다.

"엄마 저렇게 움직이지 않다가는 이제 큰일 나신다."
"이제 엄마는 앞으로 집 앞에도 못 나가고 집 안에서만 살게 된다."
"엄마가 저러면 옆에 있는 아버지만 점점 힘들어지실 텐데 아버지 불쌍해서 어쩌냐?"

딸들은 제주에까지 여행 와서 엄마 아버지를 걱정한다고 이것저것 하지 말라는 소리, 겁주는 소리를 합니다. 휠체어에 앉아 주무시는 엄마를 보는 것도, 그런 엄마를 보고 언니들이 걱정하는 소리를 듣는 것도 다 피하고 싶은 맘에 나는 슬쩍 일행에서 떨어져 걸었습니다. 모처럼 엄마를 자식들에게 맡기고 걷고 있는 아버지 옆으로 가 봅니다.

"아버지, 좋지?"
"좋지, 좋아. 근데 왜 애들은 하나 안 데려 왔냐?"
"애들? 우리가 아버지 애들이잖아?"

"뭐, 느들이 애들이야! 애들은 유정이, 금지, 은지가 애들이지, 그 애들 깔깔 웃는 소리가 좋은데, 화투도 치고, 그것들 모여 술 먹는 거 보는 재미가 좋은데."

아버지는 지금 당신이 원하는 걸 돌려서 얘기하시네요. 이럴 땐 또 좋은 수가 있습니다. 렌터카를 몰아 바닷가에 있는 해녀의 집으로 가 자리를 잡았습니다. 제주 해녀들이 직접 잡은 해산물이라 역시 다르다며 사위들과 소주를 나누는 아버지는 더 바랄 것 없는 얼굴을 하셨습니다. 엄마는 아버지가 좋으면 무조건 다 좋습니다. 좀 전까지 무슨 걱정이 그리 많던 언니들도 맛있는 해산물을 먹느라, 해산물 이름 알아맞히느라 정신을 쏟고 있습니다. 맛있는 해산물이 그 많던 걱정들을 다 걷어가 버렸습니다.

나는 우리 집 딸아이 나이만큼 동화와 그림책을 읽으며 살았습니다. 그동안 내가 읽은 동화책, 그림책에 나오는 인물들에게 배운 것들 중에서 한 가지를 말하라면 "꿈"이라고 말하렵니다. 무언가를 이루어내려는 꿈, 지금보다 좀 더 나아지겠다는 꿈은 왠지 좀 고단합니다. 꿈이라고 하면 너무 커 보이니까, 상상이라고 하면 좋겠습니다. 동화 속에서 하느님 할아버지와 공주는 이담에 이룰 수 있을까 없을까와는 전혀 상관없이 살고 싶은 집을 상상하는 그 순간이 즐겁습니다. 제주 해녀의 집에서 친정아버지와 우리 형제들은 소주를 마시면서 말했습니다. 비행기 별 거 아니라고, 내년에도 오고, 엄마 아버지 90살에도 오자며 건배를 했습니다.

전쟁이나 천재지변 같은 큰 일이 터지면 어쩔 수 없이 사람들의 삶은 달라집니다. 우리는 부디 그런 일들이 없기를 바라며 살아갈 뿐입니다. 그러니까 사람들이 "날마다 그날이 그날 같다"고 말하는 것은 틀린 말이 아니지요. 하느님 할아버지와 다섯 살 공주, 그리고 과일 팔러 나간 과천댁과 아들 예수가 사는 가난하고 열악한 환경은 쉽게 바뀌지 않을 것입니다. 병이 났던 하느님 할아버지가 열이 내리고 병이 나았으니 그래도 다행입니다. 아픈 몸이 괜찮아지면 세상이 조금 달라 보이고, 갑자기 없던 희망이 올라옵니다. 집집마다, 사람들마다, 날마다 그런 기운들이 있어 세상이 미래 쪽으로 향해 있다 생각합니다. 우리 친정아버지는 오늘도 엄마를 따라다니고, 엄마를 부축하며 하루를 보내시겠지요. 착한 언니들이 가끔 친정에 설거지와 집안 청소를 하러 갑니다. 나는 나보다 술 잘 마시는 딸아이를 데리고 친정아버지에게 다녀오려 합니다.

(2016, 9주기)

권정생 선생님 처음 뵌 날

최해숙

선생님.

저는 열 살 때 예수를 처음 만났습니다. 6.25 때 헤어진 큰오빠 손을 잡고 따라간 교회, 그해 여름성경학교에서《천로역정》이야기를 들었습니다. 기독도가 자기 짐을 지고 천성을 향해가는 여정이 인상 깊었습니다. 그 후, 주일학교에서 듣는 예수 이야기에 매력을 느꼈습니다. 기독도가 천성을 향해 가듯, 기독교인은 세상에 오신 예수의 삶을 따라 사는 사람들이라고 배웠습니다.

1989년, 그 당시 구독하고 있던《새가정》이라는 잡지에《하느님이 우리 옆집에 살고 있네요》가 연재되고 있었어요. 1991년 12월, 연재가 끝날 때까지 이야기 재미에 푹 빠져《새가정》을 달마다 손꼽아 기다렸던 생각이 납니다. 높은 곳에서 우리 인간을 심판하고 경외받기에 합당하신 하느님이 이 땅에 내려와 우리 곁에서 함께 사신다니……. 더구나 우리와 똑같은 몸을 가진 사람으로 말입니다.

칼뱅주의를 기초로 한 교파 장로교회에서 자란 저에게 선생님의 책《하느님이 우리 옆집에 살고 있네요》는 큰 충격이었어요. 그러나 이야기를 읽어 갈수록 두려웠던 하나님이 따뜻한 이웃 할아버지로 저에게 가까이 다가왔습니다. 죄의식과 두려움으로부터 우리 마음을 해방시켜 주는 사랑의 아버지로 들어오신 겁니다. 그 작품을 선생님께서 쓰셨다는 건 훗날 어린이도서연구회에서 어린이책 공부를 하면서야 알게 되었습니다.

1997년 유홍준 교수가 쓴《나의 문화유산답사기 3》을 읽었습니다. 거기에 선생님 살고 계신 곳이 소개되었습니다. 저는 8월 어느 날, 선생님을 찾아 길을 떠났습니다. 안동 일직면 조탑리, 사과밭 속의 조탑동 오층전탑. 안동에 도착하여 역에서 택시를 탔습니다. 선생님이 종지기로 살면서 섬겼다는 조탑동 일직교회는 역에서 오십 리쯤 되는 먼 거리에 있었습니다. 교회에 찾아 갔을 때 마침 목사님은 안 계시고 사모님이 우리를 맞아 주었습니다.

"안녕하세요? 저는 평택에서 왔습니다. 권정생 선생님을 찾아뵈러 왔습니다만……"

"아 네, 그분은 몸이 많이 편찮으시니까 오래 머물지 마십시오."

그날, 선생님 댁에는 손님이 와 있었습니다. 안동에 있는 장애인협회에서 소식지를 내려고 선생님에 대한 소문을 듣고 도움을 청하러 왔다 했어요. 네 사람이 겨우 끼어 앉은 방안에는 사람 얼굴 크기만 한 작은 선풍기가 있었어요. 선생님은 그걸 우리 쪽으로 틀어 주셨어요. 구석에는 선생님이 글을 쓰실 때 사용하는 작은 상이 밀려나 있었고 방, 마루 어디에나 책만 빼곡히 천장까지 쌓여 있었어요.

선생님을 뵙고 집으로 돌아오는 동안 예수님의 말씀이 떠올랐습니다.

"여우도 굴이 있고 공중의 새도 집이 있으되 인자는 머리 둘 곳이 없도다." (누가복음 9장 58절)

'하느님과 예수님을 세상에 내려오시게 할 수 있는 사람이 바로 여기 사시는구나.'

권정생 선생님 처음 뵈었던 날의 깨달음과 감동이 지금도 가슴속을 떠나지 않습니다.

(2016, 9주기)

나도 하느님을 만날 수 있을까

장은주

교회 안에 자리 잡은 도서관을 10년 넘게 드나들었다. 책 보러 가고, 심심하면 친구 만나러 가고, 교회 밥도 여러 번 얻어먹고 교회 지하에 있는 탁구장에서 탁구도 치고 놀았다. 가끔 왜 교회는 안 나오냐는 말을 듣기도 했지만 내가 갈 곳은 도서관이지 교회라는 생각을 안 해봤다. 도서관에서 만난 믿음이 깊은 친구들은 내가 아직 '은혜를 받지 못했다'는 말을 하며 안타까워하기도 했다.

그런데 지난해부터 1년이 넘게 성경을 읽는 모임에 나가면서 그전에 가졌던 완고한 생각들이 많이 부드러워졌다. 신약성경의 복음을 읽으며 2000년 전에 세상에 오셨다는 그분의 이야기가 궁금해졌다. 소위 말하는 그 '은혜'라는 것이 정말 내게 가까이 온 것인지도 모르겠다.

지금껏 살아오면서 신앙에 대해, 하나님과 복음이라는 것에 대해 가장 열린 마음이 되어서인지 오랜만에 읽은 《하느님이 우리 옆집에 살고 있네요》가 가진 의미가 새롭게 느껴진다. 책 앞머리에 〈글쓴이의 말〉로 쓰인 구절들이 흘려 들리지 않는다.

그래서 하느님은 지금도 세상을 사랑하시기 때문에, 세상을 구원하기 위해 우리 곁에서 가난하고 가장 힘들게 사실 것입니다. 하느님 나라가 이 땅에 이루어질 때까지 보이지 않는 곳에서 그렇게 사실 것입니다.

《하느님이 우리 옆집에 살고 있네요》, 6~7쪽

권정생 선생님이 알고 계신 하느님은 이런 분이셨구나 싶다. 빨간 십자가 불빛이 반짝이는 커다란 교회 안에 계신 하느님이 아니라 가난하고 힘든 사람들과 함께 살고, 그들과 아픔을 나누는 이웃으로 계시는 분이구나 싶어서 뭉클해졌다.

우리 곁에, 보이지 않는 곳에서 우리와 함께 하는 하느님이 정말 있다면 어떨까? 이리저리 흔들리고 내몰리면서 밥 벌어 먹고 사는 것의 고단함에 눈물 흘리기도 하고 텔레비전을 보고 웃기도 하고 단풍놀이도 떠나는 우리 이웃이라면 어떨까?

집 앞 사거리 포장마차의 등이 굽은 그 아주머니가, 지나칠 때마다 웃으며 기분 좋은 인사를 하는 그 아주머니가, 우리 집으로 오는 택배를 대신 받아서 맡아 주는 친절한 경비 아저씨가 그 분이라면 어떨까? 그래, 오십이 다 되어 가는 내가 아직도 밥은 제대로 먹고 다니는지 걱정 섞인 잔소리를 하는 우리 엄마가 어쩌면 그 분일 수도 있겠다.

마음이 따뜻해진다. 내가 보고 만나는 이웃에게, 우리 엄마에게 모든 일이 고맙고 감사하다고 말해 주고 싶다. 그러다 문득, 엄마에게 전화를 했다. 전화할 때마다 늘 "밥 잘 챙겨 먹어라"고 남기는 마지막 말을 제대로 듣지 않고 끊은 게 미안해서 "엄마, 밥은 뭐 먹었어?" 했더니 "넌 요즘 뭐 먹고 사니?" 다시 물으신다. 아, 우리 엄마…….

하느님은 하늘에 계시는 것도 괴롭고 이 땅에 내려와 살면서도 괴롭다고 했지만 그래도 이 땅에, 우리 곁에 오래 머물렀으면 좋겠다. 그럼 언젠가 나도 권정생 선생님이 만난 하느님을 만날 수 있지 않을까?

(2016, 9주기)

새로 만날 이웃과 잘 지내야 할 텐데요

구현진

부산이 고향인 그는 결혼하자마자 입버릇처럼 말하곤 했다. “난 이담에 나이 들어 퇴직하면 어느 소도시에서 살고 싶어. 서울도 싫고 부산도 싫고…… 복잡한 도시들이 싫다……”고. 서울에서 나고 자란 그의 부인은 부모님이 계시고, 수많은 추억이 깃든 서울이 너무나도 포근하고 아늑했다. 10년쯤 지나면서 그는 소망을 조금씩 구체적으로 말하곤 했다. 300평 정도의 땅에 집을 짓고 텃밭을 일구고 개 한 마리 키우며 몸 움직이며 느리게 살아가고 싶다고. 그의 부인은 꿈인들 못 꾸겠냐며 영혼 없는 대꾸로 그를 기분 좋게 해주기로 했다. “어, 그래. 그러자, 그러자구.” 그런데 20년쯤 지나던 어느 날 그는 귀촌을 넘어 귀농을 하겠노라며 귀농귀촌 전문대를 다니고, 굴삭기 자격증을 따고, 대형 운전면허를 취득하는 등 바야흐로 실질적인 준비에 들어갔다. 태어나서 이렇게 열심히 공부해 본 적이 없다는 둥, 정말 농업이야말로 새로운 희망이라는 둥, 굴삭기 자격증을 따러 가던 날엔 떨리는 마음을 감추지 못하는 등등……. 그는 요즘 하루하루가 새롭고 설레고 내려갈 날만 손꼽아 기다려진단다.

아, 이제 그의 부인이 궁금해진다. 내년에 두 아들이 대학원과 대학에 진학하면 독립시킬 날을 손꼽아 기다리던 부인은 난처한 상황에 빠졌다. 드디어 애들 밥해 주는 일에서 좀 벗어나는가 했는데 이젠 개밥 챙겨 줘야 하질 않나, 좀 훨훨 자유롭게 어디에도 매이지 않고 날아보고 싶었는데 하루도 건너뛸 수 없다는 농사일이라니! 그는 이렇게 말한다. "절대 강요하지 않는다. 내가 농사짓는 일을 지지해 주기만 하면 고맙겠다. 당신은 같이 이사만 와 주면 좋겠다." 사실 그의 부인도 20여 년을 살면서 그의 말에 물들고 서서히 빠져들면서 어느 소도시에서 살아가고픈 마음은 먹고 있던 터였다. 이제 부모님도 서울에 안 계시고 아이들도 독립하고 나면 서울에 살 이유가 없다. 부부는 흉보면서 닮는다더니 부인도 서울 생활이 더 이상 즐겁지 않다. 그러나 농사는 한 번도 생각해 보지 않던 일이었다. 부인에겐 농사짓지 않아도 된다 하지만 이제 그 말의 행간에 숨어 있는 기대와 바람, 그리고 현실을 읽을 수 있는 나이다. 무엇보다 그의 부인은 남편 혼자 힘들어 하는 꼴을 볼만큼 배포가 크지 못하다.

이제 남편으로부터 시작된 소망을 '우리의 꿈으로 만들어 보자' 마음먹으며 올해 초 한겨레신문사에서 주최하는 '느린삶학교'라는 귀농귀촌생태 교육을 받았습니다. 그리고는 그곳에서 만난 동기님들의 귀농귀촌 터전을 돌아다니며 보고 듣고 배우는 중인데, 정말 한마디로 말해서 '새로운 세상'을 만나는 느낌입니다. 농부님네 얘기 듣다 보면 1년은 훅 지나갑니다. 몇 월에 모종하고 몇 월에 거름 주고 몇 월부터 수확하고…… 하다 보면 1년은 시간도 아닙니다. 최소 세 번쯤 봄 여름 가을 겨울이 지나 봐야 농사 얘기가 서로 통하는 것 같습니다. 시계도 다릅니다. 새벽 6시에 딸기 따기 시작! 이게 아닙니다. 그냥 해 뜨면 시작하는 거랍니다. 출하시간이 바쁜 날엔 깜깜한 새벽에 등산용 랜턴을 이마에 두르고 딸기를 따더군요. 외국인 노동자는 우리 농촌도 지키고 있더라고요. 비닐하우스마다 태국, 베트남에서 온 총각과 아가씨들이 우리 먹을거리를 생산하고 있습니다. 점심시간이 되면 농가에서는 집밥과 들밥도 먹지만 시켜 먹거나 밥 먹으러 마을 식당에 갑니다. 새로운 실용문화죠. 어떤 마을은 이런 마을 식당같이 공동으로 필요한 일들을 같이 기획하고 운영하는 공동체 마을을 만들어 가고 있었습니다. 이러한 움직임에는 젊은 귀농귀촌인들의 노력도 한몫 하고 있었어요. 명상을 기반으로 한 공동체 마을, 생태 공동체 마을, 대안학교를 중심으로 하는 공동체 마을 등등 지금 농촌은 다시 한 번 꿈틀대고 있는 듯합니다.

얼마 전 농지를 구입했고, 이제 여름이면 비닐하우스를 짓고 가을에는 딸기농사를 시작합니다. 남편은 올 봄에, 저는 내년쯤 내려갈 예정입니다. 사실 귀촌 귀농이라는 말보다 소도시로 이사 간다는 느낌입니다. 그곳에서도 처음 몇 년은 아파트 생활을 할지도 모르겠습니다. 자연스럽게 제게 맞는 속도로 흘러가다 보면 참신한 방안과 용기가 생기리라 믿어 봅니다.

이번에《하느님이 우리 옆집에 살고 있네요》를 읽으면서 우리 옆집엔 누가 살까? 우리 옆 비닐하우스엔 누가 농사를 짓고 계실까? 우리 마을 이장님, 부녀회장님은 어떤 분이실까? 하는 생각을 내내 했습니다. 고향을 북쪽에 두고 가지 못한 채 애태우는 어르신, 괴팍하고 괄괄한 어르신, 정 많고 인심 좋은 어르신 등등 과천댁 같은 분들도 계실 거고, '공주' 같은 아이도 만날 테지요. 농촌마을엔 정말 소식이 빠릅니다. 두어 칸만 건너면 소문이 쫘악 돕니다. 아마 어느 50대 서울내기 부부가 뭣도 모른 채 딸기 농사 짓는다고 내려왔다는 소문이 슬슬 돌게 되겠지요. 부디 제가 마을 분들에게 괜찮은 이웃이 되어야 할텐데 그것이 더 큰 걱정입니다. 하느님과 예수님 말씀처럼 그리고 권정생 선생님 말씀처럼 이웃과 잘 지내도록 노력하겠습니다.

(2016, 9주기)

나도 하느님이고 너도 하느님이다

최경숙

어쩌면 까맣게 잊고 살았는지도 모릅니다. 권정생 선생님 9주기 추모제 초대장을 여는 순간 '그동안 선생님을 잊고 살았구나!' 하는 생각이 가장 먼저 떠올랐습니다. 늘 우리 마음 안에 계신 줄 알았는데, 언제부터인지 선생님을 잊고 살았습니다. 10년이면 강산도 변한다는데, 그 10년이 코앞에 다가왔으니 까마득한 시간이 흘렀는지도 모르겠습니다. 누구는 서서히 잊을 때도 됐다고 말할지 모르나 강산이 수십 번 바뀌어도 잊을 수 없는 것들이 있는데 말이지요.

《하느님이 우리 옆집에 살고 있네요》를 처음 읽었을 때가 겨우 반지하 방에서 빠져나와 지상에 방 두 칸짜리 얻어 살 때였을 겁니다. 그때 이 책을 읽으며 '나도 하느님이다.' 생각했습니다. 무릎 밑으로 창문이 나 있는 반지하방에 살고 있는 사람들이 다 하느님으로 보였습니다. 살아 보지 않은 사람은 상상할 수 없는 그 안에 하느님이 살고 있다는 것만으로도 큰 위안이 되었으니까요.

오랜 시간이 흘러 지금 다시 읽으면 어떤 생각이 들까? 사뭇 궁금했습니다. 책을 읽으며 나는 또 다시 '나도 하느님이다.' 생각했습니다. 어렵게 살아가는 사람들을 만날 때마다 뭘 어떻게 할 수 없어 도망치고 싶은 하느님을 보며 나를 발견합니다. 그렇게 꿈꾸던 서울살이였는데, 언제부터인가 나는 다시 시골로 내려가는 꿈을 꾸고 있었습니다. 하느님이 하늘나라로 올라가자고 조르고 조르듯, 나는 사람들과 부대끼며 마음에 상처를 받을 때마다 시골 가서 살아야지, 시골 가서 살아야지 노래하며 살았습니다. 사람과 사람끼리 부딪히며 살아야 하는 도시 생활이 꽤나 힘들었는데, 그래도 잘 버텼다는 생각이 들어 내가 나에게 애썼다고 토닥였습니다.

지난 가을 여주에서 작은 땅을 판다기에 생각할 겨를도 없이 바로 계약해 버렸습니다. 봄이 오면 곧바로 집을 지으려고 겨우내내 기다렸습니다. 열 평짜리 집을 짓겠다고 마음먹었으니 어떻게 지을까 고민할 필요도 없었습니다. 그런데 우연인 듯 필연인 듯 전통한옥 짓는 사람을 만나 친구가 되었습니다. 집은 안주인을 닮아야 한다는 그 친구의 말에도 남에 얘기처럼 시큰둥하다가, 서두르지 말고 생각을 많이 하라는 말에도 '열 평짜리 집에 내 생각이 끼어들 자리가 어디 있어?' 하며 시큰둥하다가, 어떻게 살지를 먼저 정하라는 말에 툭 걸렸습니다.

'어떻게 살지?'

시골에 내려가고 싶다는 생각만 간절했지, 그곳에서 어떻게 살지는 한 번도 생각해 보지 못했습니다. 동네에 먼저 자리 잡으신 시인이 이오덕 선생님을 생각하며 흙님, 강님, 숲님, 햇빛님, 곡식님의 오덕을 섬기며 산다는 말이 떠올랐습니다. '팥죽할머니' 회원들과 '평화를 품은 도서관'에 갔을 때 내 머릿속에는 '자연을 품은 도서관'도 있었으면 좋겠다는 생각이 들었습니다.

새로운 친구에게 집이 앉을 방향만 봐 달라고 여주에 같이 내려갔습니다. 집은 남향이어야 한다는 일반 상식을 깨고 꿈에 그리던 고향집의 분위기를 잡아 주었습니다. 한참 집 얘기를 하다 내 집은 자연을 품은 집이었으면 좋겠다고 말했습니다. 내 생각은 그 사람에게 다가가 또 다른 생각을 낳고, 그 생각들은 바람이 들어오는 창을 내고, 해가 뜨는 문을 내고, 천장에 별이 뜨고, 달이 뜨는 창을 그려 내기 시작했습니다. 밖을 내다보기 위한 창이 아니라 자연을 집안으로 품어주는 문이 되고 있었습니다. 생각과 생각이 만나면서 비로소 집이 생명을 얻기 시작했습니다. 그리고 그 안에 사람들이 들락거리기 시작합니다. 가끔 이웃 할머니들이 놀러오는 집이 됐으면 좋겠다는 소망을 품어 봅니다. 그 안에 할머니들의 이야기도, 마을에 자라는 곡식들도 한 권의 책처럼 자리를 차지할 수 있기를 꿈꾸고 있습니다. 언제 집이 지어질지 모르지만 작고 아름다운 집이 태어나길 바라는 마음이 봄을 보내며, 여름을 기다리고 있습니다. 꿈꾸는 대로 집이 지어진다면 그 친구는 또 나의 하느님이고, 우리 집의 하느님입니다.

자신과 이웃을 돌아보는 시간이 됐으면 좋겠다고 했지만, 난 지금 돌아볼 이웃이 없습니다. 지하방에 살 때나 단칸방에 살 때는 시시때때로 이웃과 한솥밥 먹으며 한 식구처럼 지냈는데, 아파트 생활에 이곳저곳 이사 다니다 보니 이웃 없이 산 지도 꽤나 오래된 듯합니다. 이웃 대신 아이들과 지냈던 적도 있는데 그것도 이제는 다시 하고 싶은 마음이 생기지 않습니다. 왜 그럴까 곰곰이 생각해 보니 나는 지금 새로운 이웃을 맞이할 준비를 하고 있는 중이라는 걸 발견했습니다. 자연과 시골 할머니들과 이웃하여 산다면 이 또한 내 이웃에 살고 있는 하느님일 것입니다. 나 또한 그들의 하느님이 되고 싶습니다.

집이 어떤 생명력을 품고 태어날지는 모르지만 그래도 몇 년 뒤 이 자리에서 나는 자랑스럽게 내 이웃을, 우리 옆집에 살고 있는 하느님들을 자랑하고 싶습니다. 그리고 몇 년 뒤에는 통일이 되어 권정생 선생님도 하늘나라로 올라가셨다는 소식을 듣고 싶습니다. 선생님은 통일이 될 때까지만 참고 있겠다고 하셨으니 지금쯤 어딘가에 쪼그리고 앉아 통일될 날만, 아니 하늘로 올라갈 날만 손꼽으며 기다리고 계실 테니까요.

(2016, 9주기)

글쓴이 소개

강정규 kangjk41@hanmail.net
아동문학가이며 소설가. 《시와 동화》 발행인, 권정생어린이문화재단 이사. 동화집 《다섯 시 반에 멈춘 시계》, 《짱구네 집》 등과 동시집 《목욕탕에서 선생님을 만났다》를 썼다.

강정희 suhyunmame@hanmail.net
2000년도에 어린이도서연구회를 통해 처음 권정생 선생님을 만났다. 시간이 지날수록 더욱더 삶으로 스며드는 권정생 동화의 힘에 행복하고 고맙다. 오늘도 권정생 동화를 읽고 읽어 줄 수 있는 시간이 참 좋다.

구현진 kooroad@naver.com
작년부터 충남 논산에서 딸기농사(느티나무딸기농원)를 시작했다. 한 번도 생각 못해본 농사일, 하루는 설레고 하루는 허둥대며 살고 있다. 이제 '우리의 꿈'으로 가꾸어 보고자 큰 맘 먹고 있다.

김미자 kk8283kk@hanmail.net
그림책 읽고 글 쓰는 모임 '그림책 꽃밭'을 7년째 이끌고 있다. 구로구 오류동에 있는 홍부네그림책작은도서관에서 일하고 있다. 《그림책에 흔들리다》를 썼다.

김연희 change1995@hanmail.net
똘배어린이문학회 회원. 최저임금 1만원을 꿈꾸는 병설유치원 비정규직 방과후 전담사. 제 홍에 겨워 일하고 책 읽고 글을 쓴다.

김영미 maaji@hanmail.net
마당 있는 집에 살고 있다. 올봄에는 마당 있는 집에 꽃밭을 만들까 한다. 이사 온 지 3년 만에 '오소리네집 꽃밭'을 상상하면서 말이다. 나에겐 큰 변화다.

김인숙 kimgaddle@hanmail.net
하늘 보면 좋다. 바람 불면 좋다. 허구한 날 싸돌아 댕기니 마냥 좋다. 이러구러 살아보니 생각은 발끝에서 나오더라. 그 길에서 어찌어찌 《제주의 빛 김만덕》, 《랄랄라 진관사》 등을 길어 올리기도 하더라.

신민경 mkaunt@hanmail.net
어린이도서연구회 회원. 동화 읽어 주는 아줌마. 동화를 좋아해서 어릴 때부터 어른이 되고 늙어 가는 지금도 어린이책을 즐겁게 읽고 있다.

신수진 dotch@hanmail.net
어린이, 청소년책 편집자로 오래 일했다. 2012년에 제주도로 이주한 뒤부터는 그림책 문화운동을 하는 시민단체 일을 주로 하고 있다.

오진원 childweb@hanmail.net
어린이책을 읽고 이런저런 잡다한 글을 쓰며 사는 사람. 옛이야기 모임 '팥죽 할머니'와 '어린이 논픽션 공부모임'에서 활동하고 있다. 《책 빌리러 왔어요》, 《달려라 꼬마 보발꾼》, 《방정환-어린이 세상을 꿈꾸다》, 《삼대째 내려온 불씨》 등을 썼다.

윤경희 4545-yun@hanmail.net
똘배어린이문학회 회원. 더 많이 읽고, 더 많이 쓰고 싶은데 만나고 싶은 사람, 가고 싶은 곳이 너무 많아 탈이다. 글쓰기를 숙제로라도 꾸준히 한 덕에 좋은 친구, 좋은 생각 얻어가며 산다. 계속 숙제 열심히 해야겠다.

이기영 jangmabi27@hanmail.net
똘배어린이문학회 회원. 권정생의 일대기 《작은 사람 권정생》을 썼고 권정생 동화집 《새해아기》를 엮었다.

이성실 6315free@hanmail.net
강원도 춘천에서 나고 자랐다. 자연 그림책을 만들고 옛이야기 공부도 한다. 《개구리가 알을 낳았어》와 《내가 좋아하는 곡식》, 《여우누이》, 《참나무는 참 좋다》에 글을 썼다. 권정생 선생님은 살아 계실 때 몇 번 만나 뵌 적이 있다. 청년 같은 꼿꼿한 어조로 동북아 정세를 걱정하던 게 떠오른다.

이주영 juyoung7788@hanmail.net
어린이문화연대 대표, 우리헌법읽기국민운동본부 공동대표. 《어린이책을 읽는 어른》, 《이오덕, 아이들을 살려야 한다》, 《어린이문화운동사》 들을 썼고 《이오덕 말꽃모음》, 《김구 말꽃모음》을 엮었다.

이향숙 madang412@hanmail.net
어릴 때부터 이야기에 푹 빠져 사는 사람. 어린이도서연구회에서 오래 동안 동화를 읽으며 행복해하는 사람. 옛이야기 모임 '팥죽할머니'에서 공부하고 있다. 《입말로 들려주는 우리 겨레 옛이야기》 5권을 썼다.

이희정 saemmul03@daum.net
어린이도서연구회를 시작으로 스무 해 넘게 참교육학부모회, 아이건강국민연대 활동가로 어린이가 행복한 나라를 만드는 문화운동을 해오고 있다. 지금은 서대문 지역에 뿌리내린 집밥협동조합을 통해 식생활 교육과 텃밭 강사 활동으로 마을에서 행복하게 늙어 가는 중.

장은주 eunjoonee@hanmail.net
똘배어린이문학회 회원. 책 조금 읽고, 글 조금 쓰고, 많이 놀러 다니는 것을 좋아한다.

최경숙 cks4467@hanmail.net
어린 시절 자연과 더불어 살았던 아름다운 시간을 되살려 내고 싶어 글을 쓰기 시작했다. 산과 들과 강에서 살아가는 생명들의 이야기를 쓰고 싶어 농촌으로 삶의 터를 옮겨 갔다. 그동안 쓴 책으로 《호박이 넝쿨째, 사과가 주렁주렁》, 《병아리 똥꼬 불어봐》, 《잃어버린 자전거》 들이 있다

최윤경 lasmuss1@naver.com
어머니가 계시는 시골에서 갯일 들일을 하며 학위 논문을 쓰며 지낸다. 정신없이 지내다 문득문득 서울살이와 함께 동화를 읽었던 사람들을 생각한다. 권정생의 《한티재 하늘》로 소논문도 써 보고 싶다.

최해숙 malgnbada@hanmail.net
옛이야기 모임 '팥죽 할머니'에서 활동하고 있다.

한광애 monky40@naver.com
아이들을 가르치면서 동화를 읽고 그림책을 보다가 아이들 책에 푹 빠졌다. (사)어린이도서연구회는 나를 어린이문학의 세계로 이끌어 준 스승이다. 이곳에서 어린이문학을 좋아하는 사람들과 10년 넘게 활동하고 있다.

본문에 나온 권정생 책 목록 (가나다 순)

나만 알래, 문학동네, 2012

또야 너구리의 심부름, 창비, 2002

똑똑한 양반, 한겨레아이들, 2009

똘배가 보고 온 달나라, 창비, 1977

랑랑별 때때롱, 보리, 2008

먹구렁이 기차, 우리교육, 1999

몽실언니, 창비, 1984

밥데기 죽데기, 바오로딸, 1999

빌뱅이 언덕, 창비, 2012

사과나무밭 달님, 창비, 1978

새해 아기, 단비, 2016

선생님, 요즘은 어떠하십니까, 이오덕 권정생, 양철북, 2015

어디 아파서 열이 나는 줄 아냐 이 똥개야!, 아리랑나라, 2005

어머니 사시는 그 나라에는, 지식산업사, 1988

엄마 까투리, 낮은산, 2008

우리들의 하느님, 녹색평론사, 1996

점득이네, 창비, 1990

짱구네 고추밭 소동, 웅진닷컴, 1991

초가집이 있던 마을, 분도출판사, 1985

팔푼돌이네 삼형제, 현암사, 1991

하느님의 눈물, 산하, 1991

하느님이 우리 옆집에 살고 있네요, 산하, 1994

한티재 하늘 1 · 2 , 지식산업사, 1988